COLLECTION
FOLIO THÉÂTRE

Marivaux

La Surprise de l'amour

La Seconde Surprise de l'amour

Édition présentée, établie et annotée
par Henri Coulet

Professeur émérite à l'Université de Provence

Gallimard

Édition dérivée de la Bibliothèque de la Pléiade.

PRÉFACE

La Surprise de l'amour, *désignée plus tard comme «La première* Surprise » *ou « la* Surprise *italienne », fut créée par les Comédiens-Italiens le dimanche 3 mai 1722; elle fut éditée par la Veuve Guillaume en 1723, avec l'approbation du censeur Danchet datée du 19 mars 1723.*

I. Lélio s'est retiré dans sa maison de campagne, blessé par la trahison de la femme qu'il aimait et fuyant le monde où il pourrait rencontrer des personnes du sexe perfide. Il est accompagné de son valet Arlequin, lui aussi trompé par sa Margot et qui partage les idées de son maître sur ces êtres aussi dangereux que séduisants. Mais il ne peut éviter d'entrer en relation avec sa voisine de campagne, la Comtesse, pour traiter du mariage projeté entre sa servante à lui, Jacqueline, et Pierre, le jardinier de la Comtesse. Celle-ci est aussi ennemie des hommes que Lélio l'est des femmes, et leur ami commun, le Baron, étonné de les trouver ensemble, les soumet à une sorte de conjuration magique et leur prédit qu'ils seront amoureux l'un de l'autre. II. La Comtesse décide de n'avoir plus de relation avec Lélio que par écrit, ce qui irrite Lélio qui entend faire de même, mais Arlequin, fortement ébranlé dans son antiféminisme par les agaceries de Colombine, la suivante de la Comtesse, se demande si son maître n'est pas lui-même en train de deve-

nir amoureux, quand Lélio se pose la même question au sujet de la Comtesse. Là-dessus Lélio et la Comtesse se rencontrent de nouveau dans le jardin qui est commun à leurs deux maisons de campagne. Lélio aide la Comtesse à rechercher un bijou, une boîte sertie de diamants contenant son portrait, qu'elle a perdue; chacun est dépité contre l'autre et lui reproche, dans une conversation aigre-douce, de se croire aimé, Lélio alléguant « le rapport [des] domestiques ». Colombine, aussitôt convoquée par sa maîtresse, ne dément pas ses propos : elle a seulement voulu hâter le dénouement auquel Lélio et la Comtesse devront inéluctablement aboutir. La Comtesse la fait taire et Lélio avoue que la conviction de n'être pas aimé lui est nécessaire — propos qui trouble la Comtesse. III. Lélio a retrouvé le bijou perdu, mais a gardé le portrait de la Comtesse; Arlequin est chargé de rapporter la boîte; Colombine réussit à le faire mettre à genoux et lui fait avouer qu'il l'aime. Ils s'entendent pour dissimuler leur intelligence et pour conduire la Comtesse à prendre conscience de son amour pour Lélio. Colombine affirme à la Comtesse que Lélio ne l'aime pas, la Comtesse proteste, et Colombine lui rétorque que c'est elle qui aime; la Comtesse tremble à la perspective de ce malheur « qui devait [lui] arriver ». Arlequin lui restitue la boîte; Colombine, aidée d'Arlequin, lui fait comprendre pourquoi Lélio a gardé le portrait. Elle sort aussitôt pour le réclamer à Lélio, qui survient. Colombine « donne la question » à Lélio, qui, désemparé, reconnaît sa faiblesse. La Comtesse revient, il nie avoir le portrait, Arlequin le lui fait trouver dans sa poche, et assure qu'il aime la Comtesse. Embarras de Lélio, questions, dérobades, aveux indirects entre lui et la Comtesse; il tombe finalement aux genoux de la Comtesse, qui le fait relever, et la comédie finit à la grande joie de Colombine, d'Arlequin et de Pierre. Le dénouement est suivi d'un divertissement chanté et dansé.

La Seconde Surprise de l'amour *fut créée par les Comédiens-Français le mercredi 31 décembre 1727 ; elle fut éditée par Pierre Prault en 1728, avec l'approbation du censeur Danchet datée du 20 février 1728.*

I. Jeune veuve, la Marquise se plaît dans sa tristesse, mais consent à se laisser coiffer par sa suivante Lisette. Lubin, pleurant à l'imitation de son maître le Chevalier qui pleure parce qu'il a perdu celle qu'il aimait, annonce à la Marquise la visite d'adieu du Chevalier, et serait tout prêt à rire et à lutiner Lisette. Le pédant Hortensius, qui apporte des livres à la Marquise, débite de lourdes galanteries à Lisette, mais doit céder la place au Chevalier, venu rendre à la Marquise la visite annoncée. Les deux éplorés communient dans la tristesse, et le Chevalier, touché par l'amitié compatissante de la Marquise, renonce au départ qu'il avait projeté. La Marquise sortie, Lisette introduit un ami du Chevalier, le Comte, qui est amoureux de la Marquise, et elle invite le Chevalier à faire réussir un mariage qui tirerait la Marquise de son affliction. Devant la répugnance du Chevalier à intervenir, le Comte le dispense de son aide et se retire. Lisette, qui a bien remarqué la sympathie réciproque de la Marquise et du Chevalier, suggère à celui-ci de proposer pour lui-même le mariage, qui serait une consolation pour lui comme pour elle. Le Chevalier refuse cette consolation et demande à Lubin de conduire Hortensius à sa bibliothèque, d'où il doit ramener des livres pour la Marquise. La philosophie d'Hortensius ne peut rien contre la mélancolie de Lubin, au contraire l'annonce du mariage de la Marquise avec le Comte alarme le pédant qui risque de perdre son emploi. II. Lubin, apportant les livres, offre son cœur à Lisette, mais elle ne peut pas l'épouser si le Chevalier n'épouse pas la Marquise. Il faut donc les amener à s'aimer. Pendant que Lubin va chercher les livres, Hortensius fait à la Marquise le procès des Modernes et l'éloge des Anciens, puis déclare qu'il est désormais inutile à la Marquise puisqu'elle va épouser le Comte, au refus du Chevalier, selon ce que Lisette a dit à Lubin. La Marquise est indignée d'avoir été refusée par le Chevalier, quand Lubin vient confirmer ce refus et demander à la Marquise de faire elle-même le premier pas. Lisette qui survient est sévèrement réprimandée par sa maîtresse dont l'honneur compromis ne pourra être sauvé que si le Chevalier est rendu amoureux et jaloux : « triste nécessité » ! La Marquise essaie donc d'exciter la jalousie du Chevalier, mais après une rupture évitée à temps et des dénégations trompeuses ils s'accordent pour dire qu'ils ne songent ni l'un ni l'autre à l'amour. Hortensius vient alors commencer à lire un éloge de la raison, qui dès les premiers mots irrite tellement le Chevalier que la Marquise interrompt la lecture. N'arrivant pas à calmer le Chevalier, elle va se retirer, mais une plainte du Chevalier l'arrête et tous deux se justifient : c'est leur amitié même qui a créé un malentendu, une amitié jalouse, plus vive que l'amour, au nom de laquelle la marquise renverra et Hortensius, et le Comte. III. Lisette vient payer Hortensius et lui signifier son renvoi, que Lubin accompagne de ses railleries. Le Comte apprend des deux domestiques que la Marquise ne veut plus de lui, et, devinant qu'elle lui préfère le Chevalier, affecte de croire que le Chevalier n'est pas son rival et il lui propose sa propre sœur en mariage. Pris au mot, le Chevalier veut en informer lui-même la Marquise dans un entretien dont il fait le Comte secrètement témoin : la Marquise, après quelques questions prudentes, déclare « froidement » que le Comte ne lui déplaît pas, quoi qu'elle ait pu dire. Le Comte sort aussitôt de sa cachette et se précipite à ses genoux, et le Chevalier s'enfuit, désespéré. Mais la Marquise écoute à peine le Comte, le laisse partir, pleure sans voir clair en elle-même, essaie d'expliquer son désarroi à Lisette, quand

Lubin vient lui demander de recevoir le Chevalier et lui remet un billet que le Chevalier a renoncé à lui faire parvenir et qu'il a laissé échapper. Le Chevalier vient faire ses adieux, la Marquise se plaint d'un malentendu, l'invite à s'expliquer, mais il y a un mot qu'il ne peut prononcer : ce mot est dans le billet que la Marquise lit à haute voix, le Chevalier le prononce enfin, et le Comte revenu n'a plus qu'à s'effacer.

PARALLÉLISME ET DIFFÉRENCES

Lélio et le Chevalier ont tous deux perdu celle qu'ils aimaient et ont résolument renoncé à l'amour ; la Comtesse et la Marquise, laissées veuves toutes jeunes, ne veulent pas l'amour non plus ; Lélio et la Comtesse d'une part, le Chevalier et la Marquise d'autre part ont des résidences voisines ouvrant sur un jardin qui leur est commun, même à Paris où se situe l'action de La Seconde Surprise. *Arlequin, valet de Lélio, et Lubin, valet du Chevalier, sont eux aussi séparés de celles qu'ils aiment, mais deviennent amoureux, l'un de Colombine, l'autre de Lisette, les suivantes des dames occupant les maisons voisines. Les domestiques, et surtout la fille suivante, dans chacune des deux comédies, amènent le maître et la maîtresse à prendre conscience et à se faire l'aveu d'un amour qu'ils refoulaient.*

Mais la situation initiale, l'évolution des personnages, l'aveu de l'amour sont assez différents entre les deux comédies. Lélio ne connaît pas la Comtesse qui vient de s'installer dans la maison voisine. Le Chevalier, au contraire, a d'assez bonnes relations avec la Marquise (il était l'ami du mari) pour la charger d'une lettre qu'il ne peut pas aller présenter lui-même à Angélique. Trahi par une femme, Lélio considère les femmes comme des tigres dangereux qu'il *ne faut pas approcher, mais il s'émeut, il se passionne, il devient lyrique quand il en parle, il est tout prêt à brûler pour une femme. L'obstacle à un nouvel amour est plus sérieux pour la Comtesse : ce n'est pas par fidélité à un amour antérieur qu'elle refuse d'aimer, c'est parce qu'elle a trop souffert d'un précédent amour, sans doute celui qui l'avait conduite au mariage, et qu'elle considère comme un « malheur », accompagné de « ces malheureuses situations si pleines de troubles, d'inquiétudes, de chagrins » (*La Surprise de l'amour, *III, 2). Les provocations de Colombine, le dépit d'être aimée, le dépit de n'être pas aimée mettent finalement la Comtesse en état d'accepter l'amour à l'aveu duquel Lélio a été contraint par Colombine.*

Dans La Seconde Surprise, *ni le Chevalier, ni la Marquise n'ont été trahis par l'amour; le Chevalier et Angélique ont été forcés de renoncer l'un à l'autre, mais c'est pour ne pas être indigne de l'amour qu'Angélique est entrée au couvent, et c'est parce qu'il lui est ardemment fidèle que le Chevalier ne peut penser à une autre femme. Quant à la Marquise, elle a, « après deux ans de l'amour le plus tendre » et un mois de mariage, perdu « ce qu'il y avait de plus aimable au monde », comme elle le dit dès la première scène de la pièce. D'emblée le Chevalier et la Marquise fondent sur leur affliction une amitié qu'ils se gardent jalousement de confondre avec l'amour, et qui leur paraît bientôt plus vive que l'amour même. Dans la première* Surprise, *Lélio n'avait pas de rival auprès de la Comtesse; dans* La Seconde Surprise, *le rôle du Comte, rival du Chevalier, est capital : jaloux, soupçonneux, il réclame l'aide du Chevalier d'abord parce qu'il perçoit la résistance de la Marquise, ensuite par ruse, parce qu'il devine l'amour du Chevalier. Quand, par dépit, la Marquise accepte l'idée de l'épouser, elle reconnaît qu'il est « le plus haïssable de tous les hommes », et le Chevalier qui apparemment appuie ce projet de mariage lui est « devenu insupportable » parce que, sans se l'avouer, sans en avoir clairement conscience, elle sent que l'amitié qu'elle avait conclue avec lui était plus que de l'amitié. Qu'elle ait besoin du ridicule Hortensius, pour s'assurer que la passion est dangereuse et que la raison est seule salutaire, prouve combien elle craint d'être trop sensible. Dans la première* Surprise *le dénouement est amené par des circonstances extérieures, le défi lancé par le Baron, le projet de mariage entre Pierre et Jacqueline, la recherche du portrait perdu, la présence révélée par Arlequin du portrait dans la poche de Lélio. Dans* La Seconde Surprise, *tout se fait par le dialogue, par ce qu'on dit, ce qu'on ne dit pas, ce qu'on affecte de dire. Il n'est peut-être pas de comédie où la vérité se voile et se révèle par un langage plus faux.*

THÉÂTRE-ITALIEN ET THÉÂTRE-FRANÇAIS : LE PROBLÈME DU NATUREL

Avant La Surprise de l'amour, *Marivaux avait donné deux comédies au Théâtre-Italien dirigé par Luigi Riccoboni. De la première,* L'Amour et la Vérité, *on ne peut pas dire grand-chose, puisque seuls le prologue et le divertissement final en ont été retrouvés, qu'elle avait été écrite en collaboration avec Rustaing de Saint-Jorry, et que l'attribution à Marivaux des deux fragments conservés est plausible, mais non absolument certaine. L'autre comédie est bien du seul Marivaux, c'est* Arlequin poli par l'amour, *dont la création était du 17 octobre 1720, et où les lazzi d'Arlequin étaient de façon originale intégrés à la signification psychologique de l'intrigue. Mais à partir de* La Surprise de l'amour *Marivaux, tout en tenant compte de la personnalité et des emplois des acteurs italiens, met ces acteurs entièrement au service de sa propre dramaturgie. Ses pièces « italiennes » se distinguent de ses pièces « françaises » par la fantaisie poétique, par le romanesque, par un comique plus appuyé, encore que les différences se soient progressivement atténuées. Ce qu'on peut mettre au compte du goût italien dans* La Surprise de l'amour, *ce sont d'une part les circonstances extérieures qui sont le moteur de l'intrigue et que nous avons déjà notées, d'autre part les jeux de scène que le texte permet sans les décrire (sauf aux scènes 8 de l'acte I, 3 et 7 de l'acte II) et que rapporte le compte rendu du* Mercure[1]. *Quand on commente une pièce « italienne » de Marivaux, il ne faut jamais oublier qu'elle comportait l'action variée, le libre mouvement des acteurs sur la scène et les lazzi clownesques des zanni. Les larmes et le rire d'Arlequin dans* La Surprise de l'amour *étaient une bouffonnerie. Le seul acteur masqué que Marivaux ait gardé fut en effet Thomassin (Arlequin), doué d'une extraordinaire agilité physique et capable d'exprimer toutes les émotions dans sa tenue obligatoire, habit bariolé, masque hérissé de verrues, chapeau orné d'une queue de renard. Les Italiens avaient l'art d'associer la convention*

1. Le rédacteur du *Mercure* de mai 1722 décrit ainsi le jeu de scène de Lélio et de la Comtesse dans la scène 7 de l'acte II : « La Comtesse arrive un moment après, cherchant un portrait qu'elle a perdu. Lélio fait semblant de ne pas l'apercevoir et de se promener, mais la Comtesse, en cherchant le portrait, s'approche si fort de lui, qu'il ne peut plus éviter de lui parler. Cette scène est fort plaisante par le jeu de théâtre, de voir deux personnes qui font semblant de ne vouloir pas se trouver, et qui ne demandent pas mieux que de se joindre, et de lier conversation : ce qui ne manque pas d'arriver dans l'instant. Cependant, quelque remords qui prend à Lélio l'oblige de quitter la Comtesse assez brusquement ; mais sa fermeté l'abandonne à quatre pas de là, il se ravise et revient sur ses pas pour rejoindre la Comtesse, laquelle de son côté, étant fort fâchée du départ de Lélio, trouve un prétexte de le faire rappeler ; ils se trouvent tous les deux un instant après presque face à face, comme les gens qui se cherchent avec empressement, ce qui produit sur la scène un jeu assez plaisant. »

scénique (les lazzi notamment se conformaient à une tradition) et le naturel, si important aux yeux de Marivaux, et qui était une des qualités éminentes de son actrice préférée, Zanetta-Rosa Benozzi (Silvia). « Il faut que les acteurs ne paraissent jamais sentir la valeur de ce qu'ils disent », déclarait Marivaux[1]. *Ce naturel n'était pas inné chez les Comédiens-Italiens, ils ne le devaient pas non plus à leur habitude de l'improvisation (d'ailleurs Silvia, paraît-il, était mauvaise improvisatrice), il était le produit de l'étude et du contrôle de soi.*

En 1732, dans l'Avertissement des Serments indiscrets, *comédie écrite pour les Comédiens-Français, Marivaux a répondu à ceux qui lui reprochaient d'avoir un style « singulier » : « C'est la nature, c'est le ton de la conversation en général que j'ai tâché de prendre », et il justifiait en même temps le style de la* Seconde Surprise, *« et de quelques autres pièces », qui n'était pas son style personnel, mais celui des « gens d'esprit », plus vif qu'on ne croit.* Les Serments indiscrets *avaient été sifflés à la première représentation, qui n'avait pas pu être menée jusqu'à son terme, et la reprise ultérieure n'eut pas grand succès; l'échec à la scène a conduit Marivaux à parler de son style avec modestie et même quelque embarras; ce qu'il en dit est pourtant d'une grande portée : la vivacité et l'énergie ne sont pas incompatibles avec le naturel, qu'il s'agisse de l'éloquence passionnée prêtée par Marivaux à certains personnages,*

1. Ce propos lui est attribué par d'Alembert, dans son *Éloge de Marivaux.* Mais cet *Éloge* est tardif, d'Alembert ne cite jamais ses sources, et quand il rapporte des propos figurant effectivement dans des textes de Marivaux, il ne les reproduit pas exactement. Il a fait un effort d'information et d'impartialité, mais il n'aimait pas assez Marivaux pour le comprendre. L'*Éloge de Marivaux* est cité intégralement par Frédéric Deloffre et Françoise Rubellin, édition du *Théâtre complet* de Marivaux, Classiques Garnier (Bordas), 1992, tome II, p. 979-1024. Cette édition sera désignée désormais comme édition D. R.

particulièrement à Silvia, ou des aveux intenses et brefs auxquels aboutit toute une intrigue; tout aussi naturels sont les dialogues, nombreux chez Marivaux, et essentiels aux comédies des Surprises, *où les interlocuteurs, sans le savoir, trahissent leur véritable sentiment en en affirmant un autre. La préciosité que l'on a pu analyser chez Marivaux*[1] *n'a rien de commun avec le langage prêté par Molière à ses précieuses. L'action de* La Seconde Surprise de l'amour, *d'où sont exclus les éléments visuels, les accidents matériels propres au Théâtre-Italien, est uniquement verbale, et donc plus dense, plus tendue que celle de la première* Surprise, *aussi Marivaux a-t-il été très sensible à l'accusation portée contre son langage. Hortensius n'a rien du zanni italien, c'est un personnage déjà traditionnel dans le théâtre comique français et représenté par différentes figures chez Molière. Les domestiques ont auprès de leurs maîtres dans les deux comédies des rôles analogues, mais non pas identiques, et l'on peut penser que Colombine contribue plus au dénouement que Lisette, plus émotive (elle fond en larmes à la fin de la scène 6 de l'acte II), moins manœuvrière. L'atmosphère générale, la tonalité sont différentes dans la pièce italienne et dans la pièce française, mais Marivaux parle le même langage, également « naturel », dans les deux comédies*[2].

C'est pourtant à l'occasion d'une comédie jouée par les Comédiens-Français que Marivaux a dû faire l'apologie de ce naturel : il n'apparaissait pas assez sur leur théâtre. Les acteurs italiens, sur le leur, formaient un groupe cohérent,

1. Voir l'ouvrage essentiel de Frédéric Deloffre, *Une préciosité nouvelle. Marivaux et le marivaudage*, Les Belles-Lettres, 1955 ; réédition complétée, Armand Colin, 1967 et 1971 ; Slatkine Reprints, 1993.

2. Les idées de Marivaux sur le naturel sont développées dans les feuilles septième (21 août 1722) et huitième (8 septembre 1722) du *Spectateur français*, écrites quelques semaines après les représentations de la première *Surprise de l'amour*.

mobile, vivant, ils se parlaient les uns aux autres, se regardaient, c'est seulement dans le vaudeville final qu'ils s'adressaient chacun l'un après l'autre au public; les acteurs français au contraire se tenaient face au public, alignés de front, faisant valoir leur rôle et semblant se désintéresser de l'action quand ils ne parlaient plus[1]*. Leur façon de s'exprimer pouvait alors paraître très artificielle.*

Marivaux ne s'est plaint publiquement qu'une fois, en des termes très modérés, du jeu d'un Comédien-Français dans une de ses comédies : c'était Quinault l'aîné, qui tenait le rôle du paysan Blaise dans L'Île de la Raison. *La pièce avait été sifflée et retirée après quatre représentations (septembre 1727), mais son échec n'était pas dû à Quinault, il était dû, comme le reconnaît Marivaux dans la Préface, au trop grand effort d'imagination exigé des spectateurs, qui devaient se représenter les personnages d'abord comme réduits à l'état de tout petits animaux, puis grandissant à mesure qu'ils se montraient raisonnables. Le « dégoût » du public pour l'ensemble de la pièce avait « gâté » les propos prêtés à Blaise, d'autant plus « qu'ils étaient dans la bouche d'un acteur dont le jeu, naturellement fin et délié, ne s'ajustait peut-être point à ce qu'ils ont de rustique*[2] *». Selon d'Alembert, Marivaux critiquait aussi*

1. Voir Desboulmiers, *Histoire anecdotique et raisonnée du théâtre italien, depuis son rétablissement en France jusqu'à l'année 1769*, Lacombe, 1769, 7 vol., et Nicolas Boindin, *Lettres historiques à M. D*** sur la nouvelle Comédie Italienne [...]*, Prault, 1717-1719, I, p. 14. : « On ne peut rien désirer en eux du côté de l'action, du naturel, de la présence d'esprit; ils sont au qui va là toujours à propos; ils ont l'air d'animer, de passionner tellement ce qu'ils jouent, qu'ils se rendent maîtres du sentiment, et saisissent l'attention malgré le voile des paroles [...] ». Boindin parle des scènes jouées en italien (cité par Xavier de Courville, *Luigi Riccoboni dit Lélio, tome II (1716-1731) — L'Expérience française*, Droz, 1945, p. 46).

2. Préface de *L'Île de la Raison*, dans *Théâtre complet* de Marivaux, éd. d'Henri Coulet et Michel Gilot, Gallimard, 1993, t. I, p. 516. Cette édition sera désignée désormais comme édition C. G.

le jeu de « la célèbre Lecouvreur » : « On a plusieurs fois ouï dire à l'auteur que dans les premières représentations, elle prenait assez bien l'esprit de ces rôles déliés et métaphysiques ; que les applaudissements l'encourageaient à faire encore mieux s'il était possible ; et qu'à force de mieux faire elle devenait précieuse et maniérée[1]*. » Or c'était Adrienne Lecouvreur qui jouait le rôle de la Marquise dans* La Seconde Surprise de l'amour, *et celui du Chevalier était joué par Quinault l'aîné.*

Un langage naturel n'est pas un langage simple, facile, transparent, c'est un langage exact, qui fait entendre ce que pensent, ce que veulent, ce que ressentent, ce que dissimulent, ce que refusent, ce que ne savent pas encore sur eux-mêmes des êtres sans cesse les uns avec les autres en rapports de voisinage, de convenance, d'intérêt, de rivalité, d'affection, etc. On fait avec raison un mérite à Marivaux d'être un pénétrant analyste de la vie intérieure, mais il sait aussi que cette vie intérieure est faite des réactions aux rencontres avec autrui, imprévisibles, infiniment variées. Après La Surprise de l'amour, *il avait donné aux Italiens plusieurs comédies,* La Double Inconstance, Le Prince travesti, La Fausse Suivante, L'Île des Esclaves, *d'une grande intensité psychologique. En 1727, il apportait aux Comédiens-Français une pièce au moins aussi intense et plus dépouillée. Elle fut peu applaudie : pour eux, peut-être, contrairement à ce que dira Proust deux cents ans plus tard, le style n'était pas une question de vision, mais de technique*[2]*.*

1. L'expression « rôles déliés et métaphysiques » n'est évidemment pas de Marivaux.

2. « Le style pour l'écrivain, aussi bien que la couleur pour le peintre, est une question non de technique mais de vision » (Marcel Proust, *Le Temps retrouvé*, éd. Gallimard, Folio classique, 1990, p. 202).

LA SURPRISE DE L'AMOUR

« On ne sait si le nom de Surprise *est actif ou passif, c'est-à-dire si c'est l'amour qui surprend, ou qui est surpris. » La question formulée par le rédacteur du* Mercure *en août 1723, à propos de la* Surprise *italienne, a été souvent posée et l'est encore. La réponse pourtant a été fournie par Marivaux lui-même, et transcrite par d'Alembert, faisant parler Marivaux : « Chez moi, [l'amour] n'est en querelle qu'avec lui seul, et finit par être heureux malgré lui. Il apprendra dans mes pièces à se défier encore plus des tours qu'il se joue que des pièges qui lui sont tendus par des mains étrangères*[1]*. » Faut-il vraiment étendre à toutes les comédies de Marivaux ce qu'il écrit, en des termes démarqués par d'Alembert, à propos seulement de* La Seconde Surprise *? « Il s'agit de deux personnes qui s'aiment pendant toute la pièce, mais qui n'en savent rien eux-mêmes, et qui n'ouvrent les yeux qu'à la dernière scène. [...] [Ils] ignorent l'état de leur cœur, et sont le jouet du sentiment qu'ils ne soupçonnent point en eux*[2]*. » Le schéma général de la* Surprise *italienne étant le même que celui de la* Surprise *française, il est permis d'appliquer à la première la définition que Marivaux donne de la seconde : c'est donc l'amour qui tend des pièges, c'est lui l'auteur de la surprise dont les personnages sont les victimes*[3]*. Mais l'amour n'est*

1. *Éloge de Marivaux* (p. 985, t. II, de l'édition du *Théâtre complet* par Frédéric Deloffre et Françoise Rubellin).

2. Avertissement des *Serments indiscrets, Théâtre complet*, éd. C. G., t. I, p. 662.

3. C'est bien ainsi que l'entendait au début de 1720 la coquette des *Lettres contenant une aventure*, dans un passage où se trouve déjà l'expression qui constitue le titre des deux comédies : la coquette est touchée par la tristesse d'un amoureux qu'elle dédaignait : « L'amour dans mon cœur plaida sa cause, et la gagna, mais si adroitement que

un être distinct, doué d'une existence autonome, que dans des pièces allégoriques comme L'Amour et la Vérité *ou* La Réunion des Amours *— autre comédie de Marivaux, jouée par les Comédiens-Français en novembre 1731, où s'opposent et sont finalement réunis l'amour sensuel Cupidon et l'amour sentimental, l'Amour même. Dans la réalité de la vie, l'amour, ainsi que toute passion, est ressenti à la fois comme une agression (dont les jeunes filles ont peur, ainsi la Silvia du* Jeu de l'amour et du hasard*) et comme un état intimement personnel. Être surpris par l'amour, c'est être surpris par soi-même, par quelque chose de soi-même qui est plus profond que la claire conscience de soi : force universelle qui n'existe qu'incarnée dans un individu. Comme le dit Cupidon dans* La Réunion des Amours, *« Je donne de l'amour, voilà tout : le reste vient du cœur des hommes*[1]. *»*

Depuis l'époque même de Marivaux jusqu'à la nôtre, les critiques ont souvent vu dans toutes ses comédies des Surprises de l'amour », ou ont au moins rangé dans la même catégorie que les deux pièces dont c'est explicitement le titre quelques autres comme Les Serments indiscrets, L Heureux Stratagème, Les Fausses Confidences *ou* L'Épreuve[2]. *Mais il faut d'abord rappeler que la surprise*

---

j'avais déjà soulagé la douleur de ce pauvre garçon, quand je croyais en être encore à décider du parti que je devais prendre. Voilà les surprises de l'amour. » Le pluriel suffit à prouver que c'est une coquette qui parle (Marivaux, *Journaux et Œuvres diverses*, éd. Frédéric Deloffre et Michel Gilot, Classiques Garnier, 1969, p. 89).

1. Scène 10, *Théâtre complet*, éd. C. G., t. II, p. 16.

2. D'Argens (1743) : « Il y a dans ses pièces, d'ailleurs très jolies et très amusantes, un défaut, c'est qu'elles pourraient presque toutes être appelées *la Surprise de l'amour* » ; Palissot (1764) : « Presque toutes ses pièces sont des surprises de l'amour » ; d'Alembert (1786) : « Presque toutes [ses pièces], comme on l'a dit, sont des *surprises de l'amour*, c'est-à-dire la situation de deux personnes qui, s'aimant et ne s'en doutant pas, laissent échapper par tous leurs discours ce sentiment ignoré d'eux seuls, mais très visible pour l'indifférent qui les observe. [...] Cette éter-

est une des expériences fondamentales qui contribuent à la connaissance de soi, elle est impliquée dans le titre d'autres comédies, Le Dénouement imprévu, La Joie imprévue, Le Jeu de l'amour et du hasard, La Méprise, *et dans celui du premier roman de Marivaux,* Les Effets surprenants de la sympathie. *Comme l'épreuve, qui est plus violente, plus bouleversante (et qui fournit aussi le titre d'une des plus belles comédies de Marivaux*[1]*), la surprise permet à un être humain au contact d'autres êtres humains de prendre la mesure de ses forces, de ses faiblesses, de ses* ressources *(car il faut donner toute sa portée au mot plaisamment employé par Lisette*[2]*). La surprise de l'amour n'est qu'une forme entre autres de la surprise existentielle.*

Marivaux a plusieurs fois confié aux deux théâtres conventionnés des comédies plus ou moins nettement apparentées, La Joie imprévue *aux Italiens,* Le Dénouement imprévu *aux Français,* L'Île des Esclaves *aux Italiens,* L'Île de la Raison *aux Français; mais en faisant jouer aux Français une comédie portant exactement le même titre qu'une comédie jouée cinq ans auparavant par les Italiens, il voulait à la fois attirer l'attention sur l'identité du fond dans les différences de forme et marquer la spécificité de ces deux comédies par opposition à toutes les*

---

nelle *surprise de l'amour*, sujet unique des comédies de Marivaux, est la principale critique qu'il ait essuyée sur le fond de ses pièces» (nous empruntons ces citations à l'édition D. G. du *Théâtre complet*, t. II, p. 961, 969, 984). Selon Xavier de Courville, outre les comédies dont c'est le titre, les Surprises de l'amour sont *Les Serments indiscrets* et *L'Heureux Stratagème* (*op. cit.*, p. 206, n. 3).

1. Voir notre édition de *L'Épreuve*, dans la collection Folio théâtre, Gallimard, 2003.

2. Dans *La Seconde Surprise*, acte I, scène 1, p. 148 L'Angélique de *L'Épreuve* et la Marianne du roman («Voyez que de différentes mortifications il avait fallu sentir, peser, essayer sur mon âme», seconde partie de *La Vie de Marianne*, Gallimard, Folio classique, 1997, p. 134) sont les exemples les plus forts de cette découverte expérimentale du *moi*.

autres. s'il avait cru, comme l'ont cru ses commentateurs, que toutes ses comédies traitaient le même sujet, il aurait donné un titre propre à celle des Français, comme toutes les autres ont leur titre propre. Prétendant rapporter les propos mêmes de Marivaux, d'Alembert lui fait affirmer la variété de son théâtre dans des termes qui réduisent cette variété à une suite de variantes, et il en conclut que le public « n'aperçoit, dans ces dissections subtiles, que des redites monotones et fastidieuses » et que « ce genre d'esprit et d'adresse n'est pas celui qu'il faut au théâtre, surtout quand c'est le genre unique de l'auteur et le pivot continuel de toutes ses comédies[1] *». Marivaux lui-même n'a jamais parlé que de la* Surprise *française : dans l'Avertissement des* Serments indiscrets, *il définit le sujet de la pièce antérieure (nous citons plus haut cette définition) et il refuse de l'identifier avec celui de sa nouvelle comédie : « J'y vois une si grande différence, que je n'en imagine pas de plus marquée en fait de sentiment. [...] Dans cette pièce-ci, il est question de deux personnes qui s'aiment d'abord, et qui le savent, mais qui se sont engagées de n'en rien témoigner, et qui passent leur temps à lutter contre la difficulté de garder leur parole en la violant ; ce qui est une autre espèce de situation, qui n'a aucun rapport avec celle des amants de* La Surprise de l'amour. *»*

Le propre des « amants » de La Surprise de l'amour *(de la première comme de la seconde, leur titre commun nous interdit de les dissocier) est que leur refus de l'amour n'est qu'un secret et intense besoin d'aimer, de se guérir (Lélio et la Comtesse) d'une meurtrissure mortelle dont ils ont pourtant peur de souffrir à nouveau, de retrouver (Le Chevalier et la Marquise) un paradis entrevu et perdu dont*

1. *Éloge de Marivaux*, t. II, p. 985-986 et 1012 de l'édition D. R. du *Théâtre complet*.

ils croient la perte irréparable. Marivaux nous fait apercevoir combien le désir peut être obscur à lui-même. Certainement il est obscur dans plusieurs autres comédies de Marivaux, mais c'est bien dans ces deux-là qu'il est le plus « surprenant » négateur de lui-même..

STRUCTURES

La Surprise de l'amour *écrite pour les Italiens est une pièce ouverte : en partie à cause de la relative inexpérience de Marivaux, dont c'était la première comédie en trois actes, en partie surtout parce que la fantaisie et l'irrégularité caractérisaient le théâtre des Italiens. C'est la seule comédie de Marivaux où dans la première scène du premier acte n'apparaisse aucun personnage capital ni aucun domestique dont l'action doive être déterminante : Pierre et Jacqueline ont pour fonction de créer un motif de rencontre entre Lélio et la Comtesse; au second acte, d'où Pierre est absent, Jacqueline veut renoncer au mariage parce qu'elle le croit infidèle; au troisième acte, il se peut qu'elle soit présente dans la dernière scène, il est probable que son mariage avec Pierre aura lieu, puisqu'il a fait venir des ménétriers, mais on ne sait pas comment s'est réglé leur malentendu, et l'on voit mal sa signification : la défiance de la Comtesse envers les hommes s'est-elle communiquée à Jacqueline ? Jacqueline est-elle la preuve qu'on peut revenir à l'amour après l'avoir renié, bonne leçon pour Lélio ? Cette leçon n'est même pas suggérée par le texte. Pour une pièce en trois actes, le nombre de quatre acteurs, plus le Baron qui ne figure que dans une scène du premier acte, aurait-il été trop peu représentatif de la troupe ? La scène menée par le Baron est au contraire hautement significative : elle révèle le dénouement auquel seront malgré eux et par eux-mêmes conduits Lélio et la Comtesse, et elle est agitée de mouvements commandés par les paroles. Mais il n'est plus question du Baron dans le reste de la comédie, pas même au dénouement. Sur vingt-trois scènes, il n'y en a que cinq qui réunissent Lélio et la Comtesse, et sur les cinq une seule où ils sont en tête-à-tête. C'est à Colombine que la Comtesse finit par avouer (à demi-mot) qu'elle aime Lélio, c'est à Colombine encore que Lélio finit par avouer qu'il aime la Comtesse (acte III, scènes 2 et 4). Entre les deux « amants » l'aveu n'est pas explicitement échangé, la Comtesse s'en impatiente, l'aveu en forme est remplacé par un geste — Lélio tombe à genoux — et par la restitution que la Comtesse fait à Lélio de son portrait. L'objet de toute la comédie étant de peindre un refus de (se) parler, les boiteries de la composition sont en accord avec cet objet.*

La composition de La Seconde Surprise de l'amour *est plus serrée, elle est rythmée par les alternances d'entente et de mésentente entre le Chevalier et la Marquise. Les scènes 7 de l'acte I, 7 et 9 de l'acte II, 8 de l'acte III sont les étapes d'une évolution qui aboutit au désarroi de la Marquise (scène 12 de l'acte III) et à celui du Chevalier (décrit par Lubin, scène 13). Ce désarroi les rend enfin conscients de la nature véritable de leurs sentiments. Les domestiques ont un rôle aussi important que ceux de la première* Surprise, *mais au lieu d'aider les maîtres à y voir clair, ils les indisposent par leurs initiatives, Lubin avec une maladresse proche de la grossièreté, Lisette avec une imprudence dont les apparentes conséquences la mettent au désespoir. Le Comte enfin, adroit manœuvrier, est tout près de réussir à évincer son rival auprès de la Marquise : chacun de ces personnages tient sa partie dans un jeu complexe dont la fin pourrait être très malheureuse, et chacun connaît à la fin de ce jeu exactement le sort qu'il méritait, même Hortensius, dont le personnage a semblé inutile et déplacé aux spectateurs contemporains. Le nom d'Hortensius était celui d'un orateur romain rival de*

Cicéron, mais Marivaux et son lecteur pensaient plutôt à un personnage du roman de Charles Sorel, Francion *(1623)*[1]*; au Livre III, Hortensius est un pédant au sens que le mot avait à l'époque baroque, un « maître de chambre », nous dirions un maître d'internat, qui se chargeait de faire répéter les élèves et de les nourrir. Ce n'était pas un pédant comme l'Hortensius de Marivaux, mais un avare qui économisait beaucoup sur la nourriture des élèves. On peut reprocher à l'Hortensius de Marivaux d'être trop caricatural, de servir à ridiculiser le parti des Anciens*[2]*, de détonner par son pédantisme dans l'expression de sentiments délicats et de fines analyses : mais sa fonction est non seulement d'intervenir dans l'action en se proposant d'empêcher le mariage du Comte et de la Marquise et en provoquant par ses raisonnements la colère du Chevalier, mais aussi, précisément, de prouver par son inefficacité que la sagesse livresque ne saurait apporter aucune aide dans les profonds problèmes du cœur, et que la philosophie n'est pas la vie. Le dénouement est donc complet, la comédie est bien close.*

De plus, elle est soigneusement liée : chaque entrée et chaque sortie de personnage est justifiée, la scène n'est jamais vide. Quelque artifice n'apparaît qu'au début de la scène 5 de l'acte II, où le retard du Chevalier est évidemment une commodité que Marivaux s'est donnée[3]*, et au début de la scène 12 de l'acte III, où Lisette annonce que « Madame la Comtesse » venue en visite a été renvoyée : cette Comtesse n'a aucun rôle et n'apparaît nulle part dans la pièce, il fallait seulement que la Marquise, qui avait donné l'ordre de ne*

1. *Histoire comique de Francion*, Gallimard, Folio classique, 1996.

2. Marivaux, comme Fontenelle, Houdart de la Motte, Mme de Tencin, l'abbé de Pons, était partisan des Modernes. Voir sur ce sujet la septième feuille du *Spectateur français* signalée *supra*, p. 16, n. 2.

3. Mis à part cette facilité, on admirera comment la succession très naturelle des entrées et des sorties (certaines voulues ou provoquées par la Marquise) aboutit au tête-à-tête de la Marquise et du Chevalier.

recevoir personne pendant la lecture d'Hortensius, paraisse encore trop troublée, même après le renvoi d'Hortensius, pour se prêter à des mondanités[1]*. La répartition des répliques (mais il faudrait tenir compte aussi de leur longueur) donne une idée assez juste de l'équilibre entre les rôles*[2]*.*

LA SOCIÉTÉ

Les protagonistes de ces comédies appartiennent à la noblesse et sont riches : dans la première pièce, Lélio possède une résidence à Paris et une autre à la campagne, la Comtesse aussi ; ils ont des domestiques, Lélio un valet qui l'accompagne dans ses déplacements, une servante qui semble être à demeure dans sa maison de campagne, la Comtesse un jardinier qui lui non plus n'habite pas à Paris, et une suivante qui ne la quitte pas. Ils ont nécessairement d'autres domestiques, dont la mention est inutile à la comédie. Aucune indication n'est donnée sur ce que fait Lélio dans la société : est-il militaire, magistrat, peut-il vivre de ses rentes ? Mais il est surtout un type de la Commedia, sa fonction théâtrale est plus importante que sa fonction sociale. La Comtesse, elle, doit vivre de la fortune que lui a laissée son mari. Leur refus d'avoir entre eux d'amicaux rapports de voisinage est une bizarrerie, contraire à la familiarité habituelle aux gens de ce milieu, et dont le Baron use

1. Certains critiques se sont demandé si cette Comtesse n'était pas la sœur du Comte, que le Comte avait proposée en mariage au Chevalier à la fin de la scène 6 du même acte. Mais la sœur d'un comte ne pourrait être comtesse que par mariage, et il serait piquant que le Comte offre au Chevalier en remplacement de la Marquise veuve une autre veuve, Comtesse.

2. La Marquise en prononce 196 en 21 scènes, le Chevalier 156 en 18 scènes, Lisette 121 en 19 scènes, Lubin 120 en 21 scènes, Hortensius 76 en 13 scènes et le Comte 45 en 7 scènes.

sans hésitation avec eux. Dans La Seconde Surprise de l'amour, *le niveau de fortune et le genre de vie des protagonistes est mieux caractérisé : le Chevalier est d'un rang inférieur à celui du Comte (qui le lui fait involontairement sentir en l'appelant « Chevalier » quand l'autre l'appelle « Monsieur le Comte »), mais il pourra sans scandale épouser une Marquise, il a été l'ami du mari, il est toujours l'ami de la veuve, il vit sur le même pied qu'elle, ayant comme elle résidence à la campagne et à Paris. On ignore sa profession, si même il en a besoin d'une, comme on ignore celle du Comte et ce qu'a été celle du Marquis : convention théâtrale qui concentre l'attention sur la vie sentimentale, mais qui n'implique chez l'auteur aucune ignorance des conditions sociales et des problèmes d'argent (Marivaux l'a prouvé dans de nombreuses autres comédies et dans ses deux grands romans). Le Chevalier est riche, il a des domestiques (seul paraît Lubin), une bibliothèque, tout comme la Marquise, ils sont voisins tous deux dans un quartier aristocratique où ils jouissent d'un jardin, comme seuls les riches le pouvaient*[1]*. En plus de ses domestiques, la Marquise peut nourrir et loger un lecteur, car Hortensius a trouvé chez elle le vivre et le couvert et fera tout pour ne pas les perdre. La familiarité, qui va presque jusqu'à la complicité, n'est pas seulement une convention théâtrale, ni une invention de l'humaniste généreux qu'était Marivaux, elle correspond, en la stylisant et en l'idéalisant sans doute, à la réalité de la relation entre maîtres riches et domestiques : le domestique, comme son nom l'indique, fait partie de la maison, il a parfois grandi avec son maître, comme le Cliton qui accompagne Pharsamon dans le roman de jeunesse de Marivaux, ou comme l'Arlequin de* L'Île

1. « Paris est pour un riche un pays de Cocagne, / Sans sortir de la ville, il trouve la campagne » (Boileau, *Satire* VI, vers 119-120).

des Esclaves (*« Tu as été élevé avec moi dans la maison de mon père », lui dit son maître Iphicrate*[1]*). Mais cette intégration à la famille a des servitudes pour le domestique : s'il se marie, il doit quitter la maison, à moins d'épouser quelqu'un qui est déjà membre de la domesticité ou qui va le devenir par ce mariage : c'est pourquoi Colombine et Arlequin, dans la première* Surprise de l'amour, *Lisette et Lubin dans la seconde, entreprennent de marier entre eux leurs maître et maîtresse respectifs, sinon à l'un ou à l'autre, et probablement à tous deux, serait enlevé le foyer où ils trouvent subsistance, sécurité et affection*[2]*. Leur amour est une convention théâtrale, ils « tombent » amoureux (si Marivaux n'a pas inventé cette expression, il lui a donné sa dignité littéraire) sans tous les détours et toutes les préventions de leurs maîtres et malgré toute la distance qui sépare une fille adroite et perspicace d'un « bouffon », d'un « butor », d'un « benêt » (c'est ainsi que Lisette qualifie Lubin*[3]*), mais les conditions auxquelles ils pourraient mener leur amour à bonne fin sont bien celles que la société leur impose, et elles déterminent leur conduite si importante dans le déroulement de l'intrigue. Les subtilités psychologiques où l'on a longtemps vu l'unique mérite de Marivaux reposent sur la base solide de la réalité sociale.*

La contrainte de la société s'exerce encore plus sur les maîtres que sur les domestiques : elle est beaucoup plus sensible dans la Seconde Surprise *que dans la première,*

1. *L'Île des Esclaves*, scène 9 (Gallimard, Folio théâtre, 2000, p. 99).

2. C'est ce que dit Lisette à Lubin dans la scène 2 de l'acte II : « Ma fortune dépend de demeurer avec elle [la Marquise], comme la tienne dépend de rester avec le Chevalier. »

3. *La Seconde Surprise de l'amour*, I, 4 et II, 2 et 6. Il se peut que Lisette vienne d'une famille de petite noblesse ou de bonne bourgeoisie ruinée : elle n'entend pas le latin dont Hortensius veut lui faire hommage (I, 5), mais elle peut faire un syllogisme, elle sait ce qu'on appelle une période en rhétorique, et elle a dans la maison le rôle d'intermédiaire entre la Marquise et le reste du personnel.

sans doute parce que l'action a lieu en ville, où la vie mondaine a plus d'exigences, et où l'une des principales qualités est d'être galant, c'est-à-dire enjoué, aimable, spirituel et, si l'on est femme, de savoir plaire aux hommes. Aussi la Marquise ne saurait-elle paraître dans son salon défigurée par l'insomnie et par la tristesse, et quand elle s'est vue dans le miroir que Lisette a fait apporter, accepte-t-elle d'être mise de nouveau en état de plaire. Coquetterie qui trahit son désir de vivre et d'être aimée, mais coquetterie nécessitée par son état dans le monde qui impose de ne renoncer jamais à aucune de ses « ressources[1] » : et en effet, quelques instants plus tard elle doit recevoir le Chevalier. Autre devoir, complémentaire et tout aussi impérieux : ne jamais s'exposer à la médisance ou au mépris ; avoir été refusée par un homme, même si l'on ne désire ni l'aimer ni en être aimée, est aussi déshonorant pour une femme que pour un homme essuyer un démenti[2]. Tel est le code des « honnêtes gens ». On remarquera combien fréquemment revient dans cette comédie le mot « honnête », sur lequel Lubin se permet de plaisanter[3]. Que la stricte observance de ce code trahisse chez la Marquise une disponibilité et bientôt un penchant obscurs à elle-même, c'est au spectateur à le voir.

SOURCES

Deux types de personnages sont souvent évoqués comme ayant pu inspirer à Marivaux l'idée de ses deux comédies de la surprise : la Matrone d'Éphèse et la Princesse d'Élide.

1. Acte I, scène 1. Voir dans *Le Spectateur français*, seizième feuille (27 mars 1723), l'embarras d'une femme surprise dans le négligé de sa toilette (Marivaux, *Journaux et œuvres diverses*, *op. cit.*, p. 200).
2. Acte II, scène 6.
3. Acte I, scène 11

L'histoire de la Matrone d'Éphèse a été racontée par Eumolpe, dans le Satiricon *de Pétrone, et reprise plusieurs fois dans notre littérature, par des conteurs du Moyen Âge, puis par Saint-Évremond, par La Fontaine, au théâtre par Brinon dans une tragi-comédie (*L'Éphésienne, *1614), par Houdar de la Motte (au Théâtre-Français, en 1702), par Fatouville (*Arlequin Grapignan, *à l'Ancien Théâtre-Italien, en 1682, repris au Nouveau Théâtre-Italien en 1718), par Fuzelier (à la Foire, en 1714) : les deux dernières pièces citées étaient parodiques (de plus, une comédie en vaudevilles et par écriteaux de Lesage et d'Orneval,* La Matrone de Charenton, *jouée en septembre 1724 à la Foire Saint-Laurent, semble bien avoir été en même temps une parodie de* La Surprise de l'Amour *italienne de Marivaux). Toutes ces pièces ou ces contes représentent en l'héroïne la légèreté féminine (comme le faisait déjà Pétrone), et son séducteur, s'il veut être plaint comme un amant malheureux, n'est qu'un imposteur. Marivaux a certainement connu plusieurs de ces œuvres, mais les amants qu'il peint ne sont ni frivoles, ni hypocrites.*

La comédie de Molière, La Princesse d'Élide, *s'inspirait d'une comédie espagnole de Moreto,* Dédain contre dédain, *que Riccoboni avait réduite à un simple canevas,* Rebut pour rebut, *joué sur son théâtre en juin 1717. On peut assurer que Marivaux avait lu la comédie de Molière*[1]

1. Dans *La Princesse d'Élide,* Moron, « plaisant de la Princesse », se charge de favoriser auprès d'elle l'amour du prince Euryale, pour lequel il est plein de zèle, et laisse entendre qu'il est lui-même né des amours du père du prince et d'une paysanne (acte I, scène 2). Dans le roman de Marivaux *Pharsamon,* Cliton, écuyer de Pharsamon (en fait, Colin, valet du gentilhomme campagnard qu'est en réalité Pharsamon), laisse entendre que son père n'était que son père « soi-disant », et que son vrai père était celui de Pharsamon, qui aurait débauché sa paysanne de mère (*Pharsamon,* Septième partie, dans Marivaux, *Œuvres de jeunesse,* éd. Frédéric Deloffre, Gallimard Bibliothèque de la Pléiade, 1972, p. 594).

et il a dû voir représenter le canevas italien[1]. *Mais ici encore l'analogie de ces textes avec les deux comédies de Marivaux est très peu significative : dans ces textes, le jeune homme amoureux n'est pas réellement ennemi de l'amour, il fait semblant de l'être pour plaire à celle qu'il aime, Diane farouche qui ne se plaît qu'à chasser dans les bois.*

Les deux comédies de La Surprise de l'amour *sont des œuvres originales, elles ont leur source dans les écrits de Marivaux lui-même*[2], *dans ses réflexions sur les rapports de l'amour-propre, de l'amour et de la conscience de soi. Ni la Comtesse, ni la Marquise ne sont des Matrones d'Éphèse ou des Princesses d'Élide, elles ont aimé, elles savent ce qu'est l'amour — heureux ou malheureux : elles aiment de nouveau non par légèreté, mais parce que « si l'amour se menait bien, on n'aurait qu'un amant, ou qu'une maîtresse en dix ans ; et il est de l'intérêt de la nature qu'on en ait vingt, et davantage*[3] ». *Sans aller jusqu'à l'étalage érotique cher à nos contemporains, il faut noter que Marivaux connaît aussi bien la « nature » de l'amour que la réalité sociale, et que certaines de ses formules, dans ses grands romans et dans ses Journaux, sont d'autant plus hardies qu'elles sont plus rares.*

HENRI COULET

1. Il avait pu voir aussi *Les Amours à la chasse*, de Charles Coypel, canevas italien en un acte, avec des scènes françaises, représenté le 10 juillet 1718, où la musique des cors de chasse et les danses des Amours offraient plus d'intérêt que la psychologie.

2. Voir dans l'édition des *Œuvres de jeunesse* la notice de Frédéric Deloffre sur *Pharsamon*, p. 1183-1185 de l'éd. citée.

3. *Le Cabinet du philosophe* (1734), deuxième feuille, dans *Journaux et œuvres diverses*, éd. citée, p. 344.

NOTE SUR CETTE ÉDITION

Comme pour l'édition de ces deux comédies dans le volume I du *Théâtre complet* de Marivaux publié par Michel Gilot et nous-même chez Gallimard, dans la Bibliothèque de la Pléiade, en 1993, notre texte de base est celui des éditions originales, parues en 1723 chez la Veuve Guillaume pour *La Surprise de l'amour* et en 1728 chez Pierre Prault pour *La Seconde Surprise de l'amour.* Nous avons pourtant écarté certaines corrections apportées au texte original par l'édition de la Pléiade ou par d'autres éditeurs et avons rétabli autant que possible la version primitive. La graphie est modernisée ; la syntaxe originale est respectée ; la ponctuation l'est aussi, sauf risque d'obscurité ou de confusion.

Outre les éditions originales, nous avons consulté et le cas échéant cité dans notre annotation les éditions suivantes[1] :

LA SURPRISE DE L'AMOUR

1723 Antoine Gandouin (même texte que celui de l'originale).
1730 Briasson, *Nouveau Théâtre-Italien.*
1732 Briasson, *Les Comédies de M. de Marivaux.*
1733 Briasson, *Nouveau Théâtre-Italien.*
A. M. Arkstée et Merkus, Amsterdam et Leipzig, 1754 (et 1756).

1. On trouvera pour chacune d'elles, en début de ligne, la date ou le sigle qui la désignera dans notre édition.

1781 *Œuvres complètes de M. de Marivaux* (Veuve Duchesne).
D. *Théâtre complet* de Marivaux, édition de Frédéric Deloffre, Classiques Garnier, 2 volumes, 1968.
D. R. *Théâtre complet* de Marivaux, édition de Frédéric Deloffre et Françoise Rubellin, Classiques Garnier, 2 volumes, 1989-1992.
C. G. *Théâtre complet* de Marivaux, édition d'Henri Coulet et Michel Gilot, Bibliothèque de la Pléiade, 2 volumes, 1993-1994.

LA SECONDE SURPRISE DE L'AMOUR

1728 Pierre Prault (seconde édition).
1740 Pierre Prault, *Œuvres de théâtre de M. de Marivaux.*
1748 La Haye, sans nom d'éditeur.
A. M. Arkstée et Merkus, Amsterdam et Leipzig, 1754 (et 1756).
1758 N.-B. Duchesne, *Œuvres de théâtre de M. de Marivaux* (et autre édition sans date).
1781 *Œuvres complètes de M. de Marivaux*, Veuve Duchesne.
D. *Théâtre complet* de Marivaux, édition de Frédéric Deloffre, Classiques Garnier, 2 volumes, 1968.
D. R. *Théâtre complet* de Marivaux, édition de Frédéric Deloffre et Françoise Rubellin, Classiques Garnier, 2 volumes, 1989-1992.
C. G. *Théâtre complet* de Marivaux, édition d'Henri Coulet et Michel Gilot, Bibliothèque de la Pléiade, 2 volumes, 1993-1994.

Nous avons aussi consulté l'ouvrage suivant : *La Surprise de l'amour* suivi de *La Seconde Surprise*, édition de Françoise Rubellin, Le Livre de Poche (1991), 2000 (où les textes sont établis avec le plus grand soin).

Notre édition n'est pas une édition critique. On trouvera dans l'édition de la Bibliothèque de la Pléiade plus de variantes que nous n'en indiquons dans la présente édition. Les éclaircissements concernant le vocabulaire et la syntaxe ont été demandés aux ouvrages suivants :

Trévoux *Abrégé du Dictionnaire universel français et latin vulgairement appelé Dictionnaire de Trévoux* [...], par M. Berthelin [...], à Paris, chez les Libraires associés, 1762.

Nous avons utilisé ce dictionnaire plutôt que le Furetière ou le Richelet, plus anciens, que le *Dictionnaire de l'Académie française* de 1762, plus succinct, ou que le *Dictionnaire critique de la langue française* de l'abbé Féraud, 1787, plus tardif, mais nous avons consulté et éventuellement cité les dictionnaires suivants :

Restaut *Principes généraux et raisonnés de la grammaire françoise* [...], à Paris [...], Le Gras, Prault père, Lottin, Desaint, 4e édition, 1740.

Haase *Syntaxe française du XVIIe siècle*, par Alfons Haase, traduite par M. Obert, Paris, Delagrave, 1930 (troisième édition), beaucoup de traits linguistiques du XVIIe siècle étant encore usuels au début du XVIIIe.

La Surprise de l'amour

COMÉDIE EN TROIS ACTES ET EN PROSE
REPRÉSENTÉE POUR LA PREMIÈRE FOIS
PAR LES COMÉDIENS-ITALIENS
LE DIMANCHE 3 MAI 1722

ACTEURS[1]

LA COMTESSE.
LÉLIO.
LE BARON, *ami de Lélio.*
COLOMBINE, *suivante de la Comtesse.*
ARLEQUIN, *valet de Lélio.*
JACQUELINE, *servante de Lélio.*
PIERRE, *jardinier de la Comtesse.*

La scène est dans une maison de campagne[2].

ACTE PREMIER

SCÈNE PREMIÈRE

PIERRE, JACQUELINE

PIERRE

Tiens[1], Jacquelaine, t'as une himeur qui me fâche. Pargué, encore faut-il dire queuque parole d'amiquié aux gens.

JACQUELINE

Mais, qu'est-ce qu'il te faut donc ? Tu me veux pour ta femme ; eh bian, est-ce que je recule à cela ?

PIERRE

Bon, qu'est-ce que ça dit, est-ce que toutes les filles n'aimont pas à devenir la femme d'un homme ?

JACQUELINE

Tredame[2] ! c'est donc un oisiau bien rare qu'un homme, pour en être si envieuse ?

PIERRE

Hé la, la, je parle en discourant, je savons bian que l'oisiau n'est pas rare ; mais quand une fille est grande, alle a la fantaisie d'en avoir un, et il n'y a pas de mal à ça, Jacquelaine, car ça est vrai, et tu n'iras pas là contre.

JACQUELINE

Acoute, n'ons-je pas d'autres amoureux que toi ? est-ce que Blaise et le gros Colas ne sont pas affolés de moi tous deux ? est-ce qu'ils ne sont pas des hommes aussi bian que toi ?

PIERRE

Eh mais, je pense qu'oui.

JACQUELINE

Eh bian butor, je te baille la parfarence, qu'as-tu à dire à ça ?

PIERRE

C'est que tu m'aimes mieux qu'eux tant seulement, mais si je ne te prenais pas, moi, ça te fâcherait-il ?

JACQUELINE

Oh dame, t'en veux trop.

PIERRE

Eh morguenne[1] voilà le *tu autem*[2] ; je veux de l'amiquié pour la parsonne de moi tout seul : quand tout le village vianrait te dire : Jacquelaine, épouse-moi, je voudrais que tu fis[3] bravement la grimace à tout le village, et que tu lui disi : Nennin-da, je veux être la femme de Piarre, et pis c'est tout. Pour ce qui est d'en cas de moi, si j'allais être un parfide, je voudrais que ça te fâchit rudement, et que t'en pleurisse tout ton soûl, et velà margué ce qu'en appelle aimer le monde ; tians, moi qui te parle, si t'allais me changer il n'y aurait pus de çarvelle cheux moi, c'est de l'amiquié que ça : tatigué que je serais content si tu pouvais itou devenir folle, ah ! que ça serait touchant ! Ma pauvre Jacquelaine, dis-moi queuque mot qui me fasse comprendre que tu pardrais un petit brin l'esprit.

JACQUELINE

Va, va Piarre, je ne dis rian, mais je n'en pense pas moins.

PIERRE

Eh, penses-tu que tu m'aimes, par hasard ? dis-moi oui, ou non ?

JACQUELINE

Devine lequel.

PIERRE

Regarde-moi entre deux yeux ; tu ris tout comme si tu disais oui, hé, hé, hé, qu'en dis-tu ?

JACQUELINE

Eh, je dis franchement que je serais bian empêchée de ne pas t'aimer, car t'es bien agriable.

PIERRE

Eh, jarni, velà dire les mots et les paroles.

JACQUELINE

Je t'ai toujours trouvé une bonne philosomie d'homme, tu m'as fait l'amour[1], et franchement ça m'a fait plaisir ; mais l'honneur des filles les empêche de parler, après ça, ma tante disait toujours qu'un amant, c'est comme un homme qui a faim : pû il a faim, et pû il a envie de manger, pû un homme a de peine après une fille et pû il l'aime.

PIERRE

Parsanguenne, il faut que ta tante ait dit vrai, car je meurs de faim, je t'en avertis, Jacquelaine.

JACQUELINE

Tant mieux, je t'aime de cette himeur-là, pourvu qu'alle dure, mais j'ai bian peur que monsieur Lélio, mon maître, ne consente pas à noute mariage, et qu'il ne me boute hors de chez li, quand il saura que je t'aime ; car il nous a dit qu'il ne voulait point voir d'amourette parmi nous.

PIERRE

Et pourquoi donc ça, est-ce qu'il y a du mal à aimer son prochain ? et morgué je m'en vas lui gager, moi, que ça se pratique chez les Turcs, et si[2] ils sont bian méchants.

JACQUELINE

Oh, c'est pis qu'un Turc, à cause d'une dame de Paris qui l'aimait biaucoup, et qui li a tourné casaque pour un autre galant plus mal bâti que li : noute Monsieur a fait du tapage, il li a dit qu'alle devait être honteuse ; alle li[3] a dit qu'alle ne voulait pas l'être. Et voilà bian de quoi ! ç'a-t-elle fait, et pis des injures :

Ous êtes cun indeigne. Et voyez donc cet impertinent! Et je me vengerai. Et moi, je m'en gausse. Tant y a qu'à la parfin, alle li a farmé la porte sur le nez[1] : li qui est glorieux a pris ça en mal, et il est venu ici pour vivre en harmite, en phisolophe, car velà comme il dit; et depuis ce temps quand il entend parler d'amour, il semble qu'en l'écorche comme une anguille; son valet Arlequin fait itou le dégoûté, quand il voit une fille à droite, ce drôle de corps se baille les airs d'aller à gauche, à cause de queuque mijaurée de chambrière qui li a, à ce qu'il dit, vendu du noir[2].

PIERRE

Quiens, véritablement c'est une piquié que ça, il n'y a pas de police, an punit tous les jours de pauvres voleurs, et an laisse aller et venir les parfides; mais velà ton maître, parle-li.

JACQUELINE

Non, il a la face triste, c'est peut-être qu'il rêve aux femmes, je sis d'avis que j'attende que ça soit passé; va, va, il y a bonne espérance, pisque ta maîtresse est arrivée, et qu'alle a dit qu'alle lui en parlerait.

SCÈNE II

LÉLIO, ARLEQUIN, *tous deux d'un air triste.*

LÉLIO

Le temps est sombre aujourd'hui.

ARLEQUIN

Ma foi oui, il est aussi mélancolique que nous.

LÉLIO

Oh, on n'est pas toujours dans la même disposition, l'esprit aussi bien que le temps est sujet à des nuages.

ARLEQUIN

Pour moi, quand mon esprit va bien, je ne m'embarrasse guère du brouillard.

LÉLIO

Tout le monde en est assez de même.

ARLEQUIN

Mais je trouve toujours le temps vilain, quand je suis triste.

LÉLIO

C'est que tu as quelque chose qui te chagrine.

ARLEQUIN

Non.

LÉLIO

Tu n'as donc point de tristesse.

ARLEQUIN

Si fait.

LÉLIO

Dis donc pourquoi.

ARLEQUIN

Pourquoi, en vérité je n'en sais rien, c'est peut-être que je suis triste de ce que je ne suis pas gai.

LÉLIO

Va, tu ne sais ce que tu dis.

ARLEQUIN

Avec cela, il me semble que je ne me porte pas bien.

LÉLIO

Ah, si tu es malade, c'est une autre affaire.

ARLEQUIN

Je ne suis pas malade, non plus.

LÉLIO

Es-tu fou ? si tu n'es pas malade, comment trouves-tu donc que tu ne te portes pas bien ?

ARLEQUIN

Tenez, Monsieur, je bois à merveille, je mange de même, je dors comme une marmotte, voilà ma santé.

LÉLIO

C'est une santé de crocheteur, un honnête homme[1] serait heureux de l'avoir.

ARLEQUIN

Cependant je me sens pesant et lourd, j'ai une fainéantise dans les membres, je bâille sans sujet, je n'ai du courage qu'à mes repas, tout me déplaît, je ne vis pas, je traîne ; quand le jour est venu, je voudrais qu'il fût nuit ; quand il est nuit, je voudrais qu'il fût jour ; voilà ma maladie, voilà comment je me porte bien et mal.

LÉLIO

Je t'entends, c'est un peu d'ennui qui t'a pris, cela se passera. As-tu sur toi ce livre qu'on m'a envoyé de Paris ?... Réponds donc !

ARLEQUIN

Monsieur, avec votre permission, que je passe de l'autre côté.

LÉLIO

Que veux-tu donc ? Qu'est-ce que cette cérémonie ?

ARLEQUIN

C'est pour ne pas voir sur cet arbre deux petits oiseaux qui sont amoureux, cela me tracasse, j'ai juré de ne plus faire l'amour, mais quand je le vois faire, j'ai presque envie de manquer de parole à mon serment : cela me raccommode avec ces pestes de femmes, et puis c'est le diable de me refâcher contre elles.

LÉLIO

Eh, mon cher Arlequin, me crois-tu plus exempt que toi de ces petites inquiétudes-là ? je me ressouviens qu'il y a des femmes au monde, qu'elles sont aimables, et ce ressouvenir-là ne va pas sans quelques émotions de cœur ; mais ce sont ces émotions-là qui me rendent inébranlable dans la résolution de ne plus voir de femmes.

ARLEQUIN

Pardi, cela me fait tout le contraire à moi ; quand ces émotions-là me prennent, c'est alors que ma résolution branle. Enseignez-moi donc à en faire mon profit comme vous.

LÉLIO

Oui-da, mon ami ; je t'aime, tu as du bon sens, quoique un peu grossier : l'infidélité de ta maîtresse t'a rebuté de l'amour, la trahison de la mienne m'en a rebuté de même, tu m'as suivi avec courage dans ma retraite, et tu m'es devenu cher par la conformité de ton génie avec le mien et par la ressemblance de nos aventures.

ARLEQUIN

Et moi, Monsieur, je vous assure que je vous aime cent fois plus aussi que de coutume, à cause que vous avez la bonté de m'aimer tant. Je ne veux plus voir de femmes non plus que vous ; cela n'a point de conscience ; j'ai pensé crever[1] de l'infidélité de Margot ; les passe-temps de la campagne, votre conversation et la bonne nourriture m'ont un peu remis : je n'aime plus cette Margot, seulement quelquefois son petit nez me trotte encore dans la tête : mais quand je ne songe point à elle je n'y gagne rien, car je pense à toutes les femmes en gros, et alors les émotions de cœur que vous dites viennent me tourmenter ; je cours, je saute, je chante, je danse, je n'ai point d'autre secret pour me chasser cela, mais ce secret-là n'est que de l'onguent miton-mitaine[2], je suis dans un grand danger ; et puisque vous m'aimez tant, ayez la charité de me dire comment je ferai, pour devenir fort quand je suis faible.

LÉLIO

Ce pauvre garçon me fait pitié. Ah ! Sexe trompeur, tourmente ceux qui t'approchent, mais laisse en repos ceux qui te fuient !

ARLEQUIN

Cela est tout raisonnable, pourquoi faire du mal à ceux qui ne te font rien ?

LÉLIO

Quand quelqu'un me vante une femme aimable et l'amour qu'il a pour elle, je crois voir un frénétique qui me fait l'éloge d'une vipère, qui me dit qu'elle est charmante, et qu'il a le bonheur d'en être mordu.

ARLEQUIN

Fi donc, cela fait mourir.

LÉLIO

Eh, mon cher enfant, la vipère n'ôte que la vie. Femmes, vous nous ravissez notre raison, notre liberté, notre repos, vous nous ravissez à nous-mêmes, et vous nous laissez vivre : ne voilà-t-il pas des hommes en bel état après ? des[1] pauvres fous, des hommes troublés, ivres de douleur ou de joie, toujours en convulsions, des esclaves, et à qui appartiennent ces esclaves ? à des femmes ! Et qu'est-ce que c'est qu'une femme ? Pour la définir, il faudrait la connaître : nous pouvons aujourd'hui en commencer la définition, mais je soutiens qu'on n'en verra le bout qu'à la fin du monde.

ARLEQUIN

En vérité, c'est pourtant un joli petit animal que cette femme, un joli petit chat, c'est dommage qu'il ait tant de griffes ?

LÉLIO

Tu as raison, c'est dommage, car enfin est-il dans l'univers de figure plus charmante ? que de grâces, et que de variété dans ces grâces !

ARLEQUIN

C'est une créature à manger.

LÉLIO

Voyez ces ajustements, jupes étroites, jupes en lanterne, coiffure en clocher[1], coiffure sur le nez, capuchon sur la tête, et toutes les modes les plus extravagantes, mettez-les sur une femme, dès qu'elles auront touché sa figure enchanteresse, c'est l'Amour et les Grâces qui l'ont habillée, c'est de l'esprit qui lui vient, jusques au bout des doigts ; cela n'est-il pas bien singulier ?

ARLEQUIN

Oh, cela est vrai, il n'y a mardi[2] pas de livre qui ait tant d'esprit qu'une femme, quand elle est en corset et en petites pantoufles[3].

LÉLIO

Quel aimable désordre d'idées dans la tête ! que de vivacité ! quelles expressions ! que de naïveté[4] ! L'homme a le bon sens en partage, mais ma foi l'esprit n'appartient qu'à la femme : à l'égard de son cœur, ah ! si les plaisirs qu'il nous donne étaient durables, ce serait un séjour délicieux que la terre. Nous autres hommes, la plupart, nous sommes jolis en amour : nous nous répandons en petits sentiments doucereux ; nous avons la marotte d'être délicats, parce que cela donne un air plus tendre ; nous faisons l'amour réglément[1], tout comme on fait une charge[2], nous nous faisons des méthodes de tendresse ; nous allons chez une femme, pourquoi ? pour l'aimer, parce que c'est le devoir de notre emploi ; quelle pitoyable façon de faire ! Une femme ne veut être ni tendre ni délicate, ni fâchée ni bien aise ; elle est tout cela sans le savoir et cela est charmant. Regardez-la quand elle aime, et qu'elle ne veut pas le dire, morbleu, nos tendresses les plus babillardes approchent-elles de l'amour qui passe à travers son silence ?

ARLEQUIN

Ah ! Monsieur, je m'en souviens, Margot avait si bonne grâce à faire comme cela la nigaude !

LÉLIO

Sans l'aiguillon de la jalousie[3] et du plaisir notre cœur à nous autres est un vrai paralytique, nous restons là comme des eaux dormantes, qui attendent qu'on les remue pour se remuer. Le cœur d'une femme se donne sa secousse à lui-même, il part sur un mot qu'on dit, sur un mot qu'on ne dit pas, sur une contenance : elle a beau vous avoir dit qu'elle aime, le répète-t-elle, vous l'apprenez toujours, vous ne le saviez pas encore : ici par une impatience, par une froideur, par une imprudence, par une distraction, en baissant les yeux, en les relevant, en sortant de sa place, en y restant, enfin c'est de la jalousie, du calme, de l'inquiétude, de la joie, du babil, et du silence de toutes couleurs ; et le moyen de ne pas s'enivrer du plaisir que cela donne ? le moyen de se voir adorer sans que la tête vous tourne ? Pour moi, j'étais tout aussi sot que les autres amants, je me croyais un petit prodige, mon mérite m'étonnait. Ah ! qu'il est mortifiant d'en rabattre, c'est aujourd'hui ma bêtise qui m'étonne, l'homme prodigieux a disparu et je n'ai trouvé qu'une dupe à sa place.

ARLEQUIN

Eh bien, Monsieur, queussi, queumi[1], voilà mon histoire, j'étais tout aussi sot que vous : vous faites pourtant un portrait qui fait venir l'envie de l'original.

LÉLIO

Butor que tu es, ne t'ai-je pas dit que la femme était aimable, qu'elle avait le cœur tendre, et beaucoup d'esprit ?

ARLEQUIN

Oui, est-ce que tout cela n'est pas bien joli ?

LÉLIO

Non, tout cela est affreux.

ARLEQUIN

Bon, bon, c'est que vous voulez m'attraper peut-être.

LÉLIO

Non, ce sont là les instruments de notre supplice. Dis-moi, mon pauvre garçon, si tu trouvais sur ton chemin de l'argent d'abord, un peu plus loin de l'or, un peu plus loin des perles, et que cela te conduisît à la caverne d'un monstre, d'un tigre, si tu veux, est-ce que tu ne haïrais pas cet argent, cet or, et ces perles ?

ARLEQUIN

Je ne suis pas si dégoûté, je trouverais cela fort bon, il n'y aurait que le vilain tigre dont je ne voudrais pas, mais je prendrais vitement quelques milliers d'écus dans mes poches, je laisserais là le reste, et je décamperais bravement après.

LÉLIO

Oui, mais tu ne saurais point qu'il y a un tigre au bout, et tu n'auras pas plutôt ramassé un écu, que tu ne pourras t'empêcher de vouloir le reste.

ARLEQUIN

Fi, par la morbleu, c'est bien dommage, voilà un sot trésor de se trouver sur ce chemin-là. Pardi, qu'il aille au diable, et l'animal avec.

LÉLIO

Mon enfant, cet argent que tu trouves d'abord sur ton chemin, c'est la beauté, ce sont les agréments d'une femme qui t'arrêtent ; cet or que tu rencontres encore, ce sont les espérances qu'elle te donne, enfin ces perles, c'est son cœur qu'elle t'abandonne avec tous ses transports.

ARLEQUIN

Ahi, ahi, gare l'animal.

LÉLIO

Le tigre enfin paraît après les perles, et ce tigre, c'est un caractère perfide retranché dans l'âme de ta maîtresse, il se montre, il t'arrache son cœur, il déchire le tien, adieu tes plaisirs, il te laisse aussi misérable que tu croyais être heureux.

ARLEQUIN

Ah, c'est justement là la bête que Margot a lâché[1] sur moi, pour avoir aimé son argent, son or, et ses perles.

LÉLIO

Les aimeras-tu encore ?

ARLEQUIN

Hélas, Monsieur, je ne songeais pas à ce diable qui m'attendait au bout. Quand on n'a pas étudié on ne voit pas plus loin que son nez.

LÉLIO

Quand tu seras tenté de revoir des femmes, souviens-toi toujours du tigre, et regarde tes émotions de cœur, comme une envie fatale d'aller sur sa route et de te perdre.

ARLEQUIN

Oh, voilà qui est fait, je renonce à toutes les femmes, et à tous les trésors du monde, et je m'en vais boire un petit coup, pour me fortifier dans cette bonne pensée.

SCÈNE III

LÉLIO, JACQUELINE, PIERRE

LÉLIO

Que me veux-tu, Jacqueline ?

JACQUELINE

Monsieur, c'est que je voulions vous parler d'une petite affaire.

LÉLIO

De quoi s'agit-il ?

JACQUELINE

C'est que, ne vous déplaise... mais vous vous fâcherez.

LÉLIO

Voyons.

JACQUELINE

Monsieur, vous avez dit, il y a queuque temps, que vous ne vouliez pas que j'eussions de galants.

LÉLIO

Non, je ne veux point voir d'amour dans ma maison.

JACQUELINE

Je vians pourtant vous demander un petit previlège.

LÉLIO

Quel est-il ?

JACQUELINE

C'est que révérence parler, j'avons le cœur tendre.

LÉLIO

Tu as le cœur tendre, voilà un plaisant aveu, et qui est le nigaud qui est amoureux de toi ?

PIERRE

Eh, eh, eh, c'est moi, Monsieur.

LÉLIO

Ah c'est toi, maître Pierre, je t'aurais cru plus raisonnable. Eh bien, Jacqueline, c'est donc pour lui que tu as le cœur tendre ?

JACQUELINE

Oui, Monsieur, il y a bien deux ans en ça que ça m'est venu... mais, dis toi-même, je ne sis pas assez effrontée de mon naturel.

PIERRE

Monsieur, franchement, c'est qu'a me trouve gentil, et si ce n'était qu'alle[1] fait la difficile, il y aurait longtemps, que je serions ennocés.

LÉLIO

Tu es fou, maître Pierre, ta Jacqueline au premier jour te plantera là, crois-moi, ne t'attache point à elle ; laisse-la là, tu cherches malheur.

JACQUELINE

Bon, voilà de biaux contes qu'ous li faites-là, Monsieur. Est-ce que vous croyez que je sommes comme vos girouettes de Paris, qui tournent à tout vent? Allez, allez, si queuqu'un de nous deux se plante là[1], ce sera li qui me plantera, et non pas moi : à tout hasard, notre Monsieur, donnez-moi tant seulement une petite parmission de mariage, c'est pour ça que j'avons prins la libarté de vous attaquer.

PIERRE

Oui, Monsieur, voilà tout fin dret ce que c'est, et Jacquelaine a itou queuque doutance que vous vourez bian de votre grâce, et pour l'amour de son sarvice, et de stila de son père et de sa mère, qui vous ont tant sarvi, quand ils n'étient pas encore défunts, tant y a, Monsieur, excusez l'importunance, c'est que je sommes pauvres, et tout franchement, pour vous le couper court...

LÉLIO

Achève donc, il y a une heure que tu traînes.

JACQUELINE

Parguenne, aussi tu t'embarbouilles dans je ne sais combien de paroles, qui ne sarvont de rian, et Monsieur pard la patience. C'est donc, ne vous en déplaise, que je voulons nous marier, et, comme ce dit l'autre, ce n'est pas le tout qu'un pourpoint, s'il n'y a des manches; c'est ce qui fait, si vous parmettez que je vous le disions en bref...

LÉLIO

Eh non, Jacqueline, dis-moi-le en long, tu auras plus tôt fait.

JACQUELINE

C'est que j'avons queuque espérance que vous nous baillerez queuque chose en entrée de ménage.

LÉLIO

Soit, je le veux ; nous verrons cela une autre fois, et je ferai ce que je pourrai, pourvu que le parti te convienne. Laissez-moi.

SCÈNE IV

ARLEQUIN, LÉLIO, JACQUELINE, PIERRE

PIERRE, *prenant Arlequin à l'écart.*

Arlequin, par charité, recommandez-nous à Monsieur, c'est que je nous aimons Jacquelaine et moi, je n'avons pas de grands moyens, et...

ARLEQUIN

Tout beau, maître Pierre, dis-moi, as-tu son cœur ?

PIERRE

Parguienne oui, à la parfin alle m'a lâché son amiquié.

ARLEQUIN

Ah ! malheureux, que je te plains ! voilà le caractère perfide qui va venir, je t'expliquerai cela plus au long une autre fois, mais tu le sentiras bien : adieu, pauvre homme, je n'ai plus rien à te dire, ton mal est sans remède.

JACQUELINE

Queu tripotage est-ce qu'il fait donc là, avec ce remède et ce caractère ?

PIERRE

Morguié, tous ces discours me chiffonnont malheur[1], je varrons ce qui en est par un petit tour d'adresse. Allons-nous-en, Jacquelaine, madame la Comtesse fera mieux que nous.

SCÈNE V

LÉLIO, ARLEQUIN

ARLEQUIN, *revenant à son maître.*

Monsieur, mon cher maître, il y a une mauvaise nouvelle.

LÉLIO

Qu'est-ce que c'est ?

ARLEQUIN

Vous avez entendu parler de cette Comtesse, qui a acheté depuis un an cette belle maison près de la vôtre ?

LÉLIO

Oui.

ARLEQUIN

Eh bien, on m'a dit que cette Comtesse est ici, et qu'elle veut vous parler. J'ai mauvaise opinion de cela.

LÉLIO

Eh morbleu, toujours des femmes ! Eh que me veut-elle ?

ARLEQUIN

Je n'en sais rien, mais on dit qu'elle est belle et veuve, et je gage qu'elle est encline à faire du mal.

LÉLIO

Et moi enclin à l'éviter : je ne me soucie ni de sa beauté, ni de son veuvage.

ARLEQUIN

Que le Ciel vous maintienne dans cette bonne disposition. Ouf[1] !

LÉLIO

Qu'as-tu ?

ARLEQUIN

C'est qu'on dit qu'il y a aussi une fille de chambre avec elle, et voilà mes émotions de cœur, qui me prennent.

LÉLIO

Benêt ! une femme te fait peur.

ARLEQUIN

Hélas, Monsieur, j'espère en vous, et en votre assistance.

LÉLIO

Je crois que les voilà qui se promènent, retirons-nous.

Ils se retirent.

SCÈNE VI

LA COMTESSE, COLOMBINE, ARLEQUIN

LA COMTESSE, *parlant de Lélio.*

Voilà un jeune homme bien sauvage.

COLOMBINE, *arrêtant Arlequin.*

Un petit mot, s'il vous plaît. Oserait-on vous demander d'où vient cette férocité, qui vous prend à vous et à votre maître ?

ARLEQUIN

À cause d'un proverbe, qui dit que chat échaudé craint l'eau froide.

LA COMTESSE

Parle plus clairement. Pourquoi nous fuit-il ?

ARLEQUIN

C'est que nous savons ce qu'en vaut l'aune.

COLOMBINE

Remarquez-vous qu'il n'ose nous regarder, Madame : allons, allons, levez la tête, et rendez-nous compte de la sottise que vous venez de faire.

ARLEQUIN, *la regardant doucement.*

Par la jarni[1], qu'elle est jolie !

LA COMTESSE

Laisse-le là, je crois qu'il est imbécile.

COLOMBINE

Et moi je crois que c'est malice. Parleras-tu ?

ARLEQUIN

C'est que mon maître a fait vœu de fuir les femmes, parce qu'elles ne valent rien.

COLOMBINE

Impertinent !

ARLEQUIN

Ce n'est pas votre faute, c'est la nature qui vous a bâties comme cela, et moi j'ai fait vœu aussi. Nous avons souffert comme des misérables à cause de votre bel esprit, de vos jolis charmes, et de votre tendre cœur.

COLOMBINE

Hélas ! quelle lamentable histoire ! et comment te tireras-tu d'affaire avec moi ? Je suis un espiègle[2] et j'ai envie de te rendre un peu misérable de ma façon.

ARLEQUIN

Prr ! Il n'y a pas pied[3].

LA COMTESSE

Va mon ami, va dire à ton maître que je me soucie fort peu des hommes, mais que je souhaiterais lui parler.

ARLEQUIN

Je le vois là qui m'attend, je m'en vais l'appeler; Monsieur, Madame dit qu'elle ne se soucie point de vous : vous n'avez qu'à venir, elle veut vous dire un mot. Ah ! comme cela m'accrocherait, si je me laissais faire.

SCÈNE VII

LA COMTESSE, LÉLIO, COLOMBINE

LÉLIO

Madame, puis-je vous rendre quelque service ?

LA COMTESSE

Monsieur, je vous demande pardon de la liberté que j'ai prise, mais il y a le neveu de mon fermier qui cherche en mariage une jeune paysanne de chez vous. Ils ont peur que vous ne consentiez pas à ce mariage, ils m'ont priée de vous engager à les aider de quelque libéralité, comme de mon côté j'ai dessein de le faire. Voilà, Monsieur, tout ce que j'avais à vous dire, quand vous vous êtes retiré.

LÉLIO

Madame, j'aurai tous les égards que mérite votre recommandation, et je vous prie de m'excuser si j'ai fui, mais je vous avoue que vous êtes d'un sexe avec qui j'ai cru devoir rompre pour toute ma vie : cela vous paraîtra bien bizarre. Je ne chercherai point à me justifier, car il me reste un peu de politesse, et je craindrais d'entamer une matière qui me met toujours de mauvaise humeur, et si je parlais, il pourrait, malgré moi, m'échapper des traits d'une incivilité qui vous déplairait, et que mon respect vous épargne.

COLOMBINE

Mort de ma vie, Madame, est-ce que ce discours-là ne vous remue pas la bile ? allez, Monsieur, tous les renégats font mauvaise fin, vous viendrez quelque jour crier miséricorde, et ramper aux pieds de vos maîtres, et ils vous écraseront comme un serpent. Il faut bien que justice se fasse.

LÉLIO

Si Madame n'était pas présente, je vous dirais franchement que je ne vous crains, ni ne vous aime.

LA COMTESSE

Ne vous gênez point, Monsieur. Tout ce que nous disons ici ne s'adresse point à vous, regardons-nous comme hors d'intérêt. Et sur ce pied-là, peut-on vous demander ce qui vous fâche si fort contre les femmes ?

LÉLIO

Ah ! Madame, dispensez-moi de vous le dire ; c'est un récit que j'accompagne ordinairement de réflexions où votre sexe ne trouve pas son compte.

LA COMTESSE

Je vous devine, c'est une infidélité qui vous a donné tant de colère.

LÉLIO

Oui, Madame, c'est une infidélité, mais affreuse, mais détestable.

LA COMTESSE

N'allons point si vite ; votre maîtresse cessa-t-elle de vous aimer, pour en aimer un autre ?

LÉLIO

En doutez-vous, Madame ? La simple infidélité serait insipide, et ne tenterait pas une femme, sans l'assaisonnement de la perfidie.

LA COMTESSE

Quoi ! vous eûtes un successeur ? elle en aima un autre ?

LÉLIO

Oui, Madame. Comment, cela vous étonne ? Voilà pourtant les femmes, et ces actions doivent vous mettre en pays de connaissance.

COLOMBINE

Le petit blasphémateur !

LA COMTESSE

Oui, votre maîtresse est une indigne, et l'on ne saurait trop la mépriser.

COLOMBINE

D'accord, qu'il la méprise, il n'y a pas à tortiller : c'est une coquine celle-là.

LA COMTESSE

J'ai cru d'abord, moi, qu'elle n'avait fait que se dégoûter de vous, et de l'amour, et je lui pardonnais, en faveur de cela, la sottise qu'elle avait eue de vous aimer. Quand je dis vous, je parle des hommes en général.

COLOMBINE

Prenez, prenez toujours cela en attendant mieux.

LÉLIO

Comment, Madame, ce n'est donc rien, à votre compte, que de cesser sans raison d'avoir de la tendresse pour un homme ?

LA COMTESSE

C'est beaucoup au contraire : cesser d'avoir de l'amour pour un homme, c'est à mon compte connaître sa faute, s'en repentir, en avoir honte, sentir la misère de l'idole qu'on adorait, et rentrer dans le respect qu'une femme se doit à elle-même. J'ai bien vu que nous ne nous entendions point ; si votre maîtresse n'avait fait que renoncer à son attachement ridicule, eh ! il n'y aurait rien de plus louable ; mais ne faire que changer d'objet, ne guérir d'une folie que par une extravagance, eh fi ! Je suis de votre sentiment, cette femme-là est tout à fait méprisable ; amant pour amant, il valait autant que vous déshonorassiez sa raison qu'un autre.

LÉLIO

Je vous avoue que je ne m'attendais pas à cette chute-là.

COLOMBINE

Ah, ah, ah, il faudrait bien des conversations comme celle-là, pour en faire une raisonnable. Courage, Monsieur, vous voilà tout déferré[1] : décochez-lui moi quelque trait bien hétéroclite, qui sente bien l'original[2] ! eh ! vous avez fait des merveilles d'abord.

LÉLIO

C'est assurément mettre les hommes bien bas, que de les juger indignes de la tendresse d'une femme : l'idée est neuve.

COLOMBINE

Elle ne fera pas fortune chez vous.

LÉLIO

On voit bien que vous êtes fâchée, Madame.

LA COMTESSE

Moi, Monsieur, je n'ai point à me plaindre des hommes, je ne les hais point non plus. Hélas, la pauvre espèce ! elle est, pour qui l'examine, encore plus comique que haïssable.

COLOMBINE

Oui-da, je crois que nous trouverons plus de ressource à nous en divertir, qu'à nous fâcher contre elle.

LÉLIO

Mais qu'a-t-elle donc de si comique ?

LA COMTESSE

Ce qu'elle a de comique ? mais y songez-vous, Monsieur[1] ? vous êtes bien curieux d'être humilié dans vos confrères. Si je parlais, vous seriez tout étonné de vous trouver de cent piques au-dessous de nous. Vous demandez ce que votre espèce a de comique, qui pour se mettre à son aise a eu besoin de se réserver un privilège d'indiscrétion, d'impertinence et de fatuité, qui suffoquerait si elle n'était babillarde, si sa misérable vanité n'avait pas ses coudées franches, s'il ne lui était pas permis de déshonorer un sexe qu'elle ose mépriser pour les mêmes choses dont l'indigne qu'elle est, fait sa gloire. Oh ! l'admirable engeance qui a trouvé la raison et la vertu des fardeaux trop pesants pour elle, et qui nous a chargé[2] du soin de les porter : ne voilà-t-il pas de beaux titres de supériorité sur nous ? et de pareilles gens ne sont-ils pas risibles ! Fiez-vous à moi, Monsieur, vous ne connaissez pas votre misère, j'oserai vous le dire : vous voilà bien irrité contre les femmes ; je suis peut-être moi, la moins aimable de toutes ; tout hérissé de rancune que vous croyez être, moyennant deux ou trois coups d'œil flatteurs qu'il m'en coûterait, grâce à la tournure grotesque de l'esprit de l'homme, vous m'allez donner la comédie : Oh ! je vous défie de me faire payer ce tribut de folie-là[3].

COLOMBINE

Ma foi, Madame, cette expérience-là vous porterait malheur.

LÉLIO

Ah, ah, cela est plaisant, Madame, peu de femmes sont aussi aimables que vous, vous l'êtes tout autant que je suis sûr que vous croyez l'être, mais s'il n'y a que la comédie dont vous parlez qui puisse vous réjouir, en ma conscience vous ne rirez de votre vie.

COLOMBINE

En ma conscience, vous me la donnez tous les deux, la comédie, cependant, si j'étais à la place de Madame, le défi me piquerait, et je ne voudrais pas en avoir le démenti.

LA COMTESSE

Non, la partie ne me pique point, je la tiens gagnée ; mais comme à la campagne il faut voir quelqu'un, soyons amis pendant que nous y resterons, je vous promets sûreté : nous nous divertirons, vous à médire des femmes, et moi à mépriser les hommes.

LÉLIO

Volontiers.

COLOMBINE

Le joli commerce ! on n'a qu'à vous en croire, les hommes tireront à l'orient, les femmes à l'occident, cela fera de belles productions, et nos petits-neveux auront bon air. Eh morbleu, pourquoi prêcher la fin du monde, cela coupe la gorge à tout : soyons raisonnables, condamnez les amants déloyaux, les conteurs de sornettes, à être jetés dans la rivière, une pierre au col, à merveille ; enfermez les coquettes entre quatre murailles, fort bien ; mais les amants fidèles, dressez-leur de belles et bonne statues pour encourager le public. Vous riez : adieu, pauvres brebis égarées ; pour moi, je vais travailler à la conversion d'Arlequin. À votre égard, que le Ciel vous assiste, mais il serait curieux de vous voir chanter la palinodie : je vous y attends.

LA COMTESSE

La folle ! je vous quitte, Monsieur, j'ai quelques ordres à donner, n'oubliez pas de grâce ma recommandation pour ces paysans.

SCÈNE VIII

LE BARON, *ami de Lélio,* LA COMTESSE, LÉLIO

LE BARON

Ne me trompé-je[1] point, est-ce vous que je vois, madame la Comtesse ?

LA COMTESSE

Oui, Monsieur, c'est moi-même.

LE BARON

Quoi ? avec notre ami Lélio, cela se peut-il ?

LA COMTESSE

Que trouvez-vous donc là de si étrange ?

LÉLIO

Je n'ai l'honneur de connaître Madame que depuis un instant, et d'où vient la surprise ?

LE BARON

Comment, ma surprise ! voici peut-être le coup de hasard le plus bizarre qui soit arrivé.

LÉLIO

En quoi ?

LE BARON

En quoi ? morbleu, je n'en saurais revenir, c'est le fait le plus curieux qu'on puisse imaginer : dès que je serai à Paris, où je vais, je le ferai mettre dans la gazette[1].

LÉLIO

Mais que veux-tu dire ?

LE BARON

Songez-vous à tous les millions de femmes qu'il y a dans le monde, au couchant, au levant, au septentrion, au midi, Européennes, Asiatiques, Africaines, Américaines, blanches, noires, basanées, de toutes les couleurs ? Nos propres expériences, et les relations de nos voyageurs, nous apprennent que partout la femme est amie de l'homme, que la nature l'a pourvue de bonne volonté pour lui : la nature n'a manqué que Madame, le soleil n'éclaire qu'elle chez qui notre espèce n'ait point rencontré grâce ; et cette seule exception de la loi générale se rencontre avec un personnage unique ; je te le dis en ami, avec un homme qui nous a donné l'exemple d'un fanatisme tout neuf, qui seul de tous les hommes n'a pu s'accoutumer aux coquettes qui fourmillent sur la terre, et qui sont aussi anciennes que le monde enfin qui s'est condamné à venir ici languir de chagrin de ne plus voir de femmes, en expiation du crime qu'il a fait quand il en a vu. Oh je ne sache point d'aventure qui aille de pair avec la vôtre.

LÉLIO, *riant.*

Ah, ah, je te pardonne toutes tes injures, en faveur de ces coquettes qui fourmillent sur la terre, et qui sont aussi anciennes que le monde.

LA COMTESSE, *riant.*

Pour moi je me sais bon gré que la nature m'ait manquée, et je me passerai bien de la façon qu'elle aurait pu me donner de plus, c'est autant de sauvé, c'est un ridicule de moins.

LE BARON, *sérieusement.*

Madame, n'appelez point cette faiblesse-là ridicule ; ménageons les termes, il peut venir un jour où vous serez bien aise de lui trouver une épithète plus honnête

LA COMTESSE

Oui, si l'esprit me tourne.

LE BARON

Eh bien il vous tournera : c'est si peu de chose que l'esprit ! après tout, il n'est pas encore sûr que la nature vous ait absolument manquée : hélas ! peut-être jouez-vous de votre reste[1] aujourd'hui. Combien voyons-nous de choses qui sont d'abord merveilleuses, et qui finissent par faire rire ! Je suis un homme à pronostic : voulez-vous que je vous dise, tenez, je crois que votre merveilleux est à fin de terme.

LÉLIO

Cela se peut bien, Madame, cela se peut bien, les fous sont quelquefois inspirés.

LA COMTESSE

Vous vous trompez, Monsieur, vous vous trompez.

LE BARON

Mais toi qui raisonnes, as-tu lu l'histoire romaine ?

LÉLIO

Oui, qu'en veux-tu faire de ton histoire romaine ?

LE BARON

Te souviens-tu qu'un ambassadeur romain enferma Antiochus dans un cercle qu'il traça autour de lui, et lui déclara la guerre s'il en sortait avant qu'il eût répondu à sa demande ?

LÉLIO

Oui, je m'en ressouviens[1].

LE BARON

Tiens mon enfant, moi indigne je te fais un cercle à l'imitation de ce Romain, et sous peine des vengeances de l'amour, qui vaut bien la république de Rome, je t'ordonne de n'en sortir que soupirant pour les beautés de Madame. Voyons si tu oseras broncher.

LÉLIO, *passe le cercle.*

Tiens je suis hors du cercle, voilà ma réponse, va-t'en la porter à ton benêt d'amour.

LA COMTESSE

Monsieur le baron, je vous prie, badinez tant qu'il vous plaira, mais ne me mettez point en jeu.

LE BARON

Je ne badine point, Madame, je vous le cautionne garrotté à votre char, il vous aime de ce moment-ci, il a obéi. La peste[1], vous ne le verriez pas hors du cercle, il avait plus de peur qu'Antiochus.

LÉLIO, *riant.*

Madame, vous pouvez me donner des rivaux tant qu'il vous plaira, mon amour n'est point jaloux.

LA COMTESSE, *embarrassée.*

Messieurs, j'entends volontiers raillerie, mais finissons-la pourtant.

LE BARON

Vous montrez là certaine impatience qui pourra venir à bien : faisons-la profiter par un petit tour de cercle.

Il l'enferme aussi.

LA COMTESSE, *sortant du cercle.*

Laissez-moi, qu'est-ce que cela signifie ? Baron, ne lisez jamais d'histoire, puisqu'elle ne vous apprend que des polissonneries.

Lélio rit.

LE BARON

Je vous demande pardon, mais vous aimerez, s'il vous plaît, Madame. Lélio est mon ami, et je ne veux point lui donner de maîtresse insensible.

LA COMTESSE, *sérieusement.*

Cherchez-lui donc une maîtresse ailleurs, car il trouverait fort mal son compte ici.

LÉLIO

Madame, je sais le peu que je vaux, on peut se dispenser de me l'apprendre ; après tout, votre antipathie ne me fait point trembler.

LE BARON

Bon, voilà de l'amour qui prélude par du dépit.

LA COMTESSE, *à Lélio.*

Vous seriez fort à plaindre, Monsieur, si mes sentiments ne vous étaient indifférents.

LE BARON

Ah le beau duo ! vous ne savez pas encore combien il est tendre.

LA COMTESSE, *s'en allant doucement.*

En vérité vos folies me poussent à bout, Baron.

LE BARON

Oh, Madame, nous aurons l'honneur, Lélio et moi, de vous reconduire jusque chez vous.

COLOMBINE, *arrivant.*

Bonjour, monsieur le Baron. Comme vous voilà rouge, Madame. Monsieur Lélio est tout je ne sais comme aussi : il a l'air d'un homme qui veut être fier, et qui ne peut pas l'être. Qu'avez-vous donc tous deux ?

LA COMTESSE, *sortant.*

L'étourdie[1] !

LE BARON

Laisse-les là, Colombine, ils sont de méchante humeur : ils viennent de se faire une déclaration d'amour l'un à l'autre, et le tout en se fâchant.

SCÈNE IX

COLOMBINE, ARLEQUIN, *avec un équipage de chasseur*[2].

COLOMBINE, *qui a écouté un peu leur conversation.*

Je vois bien qu'ils nous apprêteront à rire. Mais où est Arlequin ? Je veux qu'il m'amuse ici. J'entends quelqu'un, ne serait-ce pas lui ?

ARLEQUIN, *la voyant.*

Ouf, ce gibier-là mène un chasseur trop loin : je me perdrais, tournons d'un autre côté. Allons donc.. Heu ! me voilà justement sur le chemin du tigre, maudit soit l'argent, l'or et les perles !

COLOMBINE

Quelle heure est-il, Arlequin ?

ARLEQUIN

Ah ! la fine mouche, je vois bien que tu cherches midi à quatorze heures. Passez, passez votre chemin, ma mie.

COLOMBINE

Il ne me plaît pas, moi, passe-le toi-même !

ARLEQUIN

Oh pardi, à bon chat bon rat, je veux rester ici.

COLOMBINE

Hé le fou, qui perd l'esprit en voyant une femme !

ARLEQUIN

Va-t'en, va-t'en demander ton portrait à mon maître, il te le donnera pour rien : tu verras si tu n'es pas une vipère.

COLOMBINE

Ton maître est un visionnaire qui te fait faire pénitence de ses sottises. Dans le fond tu me fais pitié, c'est dommage qu'un jeune homme comme toi, assez bien fait, et bon enfant, car tu es sans malice...

ARLEQUIN

Je n'en ai non plus qu'un poulet.

COLOMBINE

C'est dommage qu'il consomme [1] sa jeunesse dans la langueur et la souffrance : car dis la vérité, tu t'ennuies ici, tu pâtis.

ARLEQUIN

Oh ! cela n'est pas croyable.

COLOMBINE

Et pourquoi, nigaud, mener que pareille vie ?

ARLEQUIN

Pour ne point tomber dans vos pattes, race de chats que vous êtes ; si vous étiez de bonnes gens, nous ne serions pas venus nous rendre ermites. Il n'y a plus de bon temps pour moi et c'est vous qui en êtes cause, et malgré tout cela il ne s'en faut de rien que je ne t'aime. La sotte chose que le cœur de l'homme !

COLOMBINE

Cet original qui dispute contre son cœur comme un honnête homme.

ARLEQUIN

N'as-tu pas de honte d'être si jolie et si traîtresse ?

COLOMBINE

Comme si on devait rougir de ses bonnes qualités ! Au revoir, nigaud ; tu me fuis, mais cela ne durera pas.

ACTE II

SCÈNE PREMIÈRE

La Comtesse, Colombine

COLOMBINE, *en regardant sa montre*[1].

Cela est singulier !

LA COMTESSE

Quoi ?

COLOMBINE

Je trouve qu'il y a un quart d'heure que nous nous promenons sans rien dire . entre deux femmes cela ne laisse pas d'être fort. Sommes-nous bien dans notre état naturel ?

LA COMTESSE

Je ne sache rien d'extraordinaire en moi.

COLOMBINE

Vous voilà pourtant bien rêveuse.

LA COMTESSE

C'est que je songe à une chose.

COLOMBINE

Voyons ce que c'est; suivant l'espèce de la chose, je ferai l'estime de votre silence.

LA COMTESSE

C'est que je songe qu'il n'est pas nécessaire que je voie si souvent Lélio.

COLOMBINE

Hom, il y a du Lélio : votre taciturnité n'est pas si belle que je le pensais; la mienne, à vous dire le vrai, n'est pas plus méritoire. Je me taisais à peu près dans le même goût, je ne rêve pas à Lélio, mais je suis autour de cela, je rêve au valet.

LA COMTESSE

Mais que veux-tu dire? quel mal y a-t-il à ce que je pense?

COLOMBINE

Oh pour du mal, il n'y en a pas, mais je croyais que vous ne disiez mot par pure paresse de langue, et je trouvais cela beau dans une femme : car on prétend que cela est rare. Mais pourquoi jugez-vous qu'il n'est pas nécessaire que vous voyiez si souvent Lélio?

LA COMTESSE

Je n'ai d'autres raisons pour lui parler que le mariage de ces jeunes gens : il ne m'a point dit ce qu'il veut donner à la fille, je suis bien aise que le neveu de mon fermier trouve quelque avantage, mais, sans nous parler, Lélio peut me faire savoir ses intentions, et je puis le faire informer des miennes.

COLOMBINE

L'imagination de cela est tout à fait plaisante.

LA COMTESSE

Ne vas-tu pas faire un commentaire là-dessus ?

COLOMBINE

Comment? il n'y a pas de commentaire à cela. Malepeste, c'est un joli trait d'esprit que cette invention-là. Le chemin de tout le monde quand on a affaire aux gens, c'est d'aller leur parler, mais cela n'est pas commode, le plus court est de l'entretenir de loin, vraiment on s'entend bien mieux : lui parlerez-vous avec une sarbacane, ou par procureur ?

LA COMTESSE

Mademoiselle Colombine, vos fades railleries ne me plaisent point du tout, je vois bien les petites idées que vous avez dans l'esprit.

COLOMBINE

Je me doute, moi, que vous ne vous doutez pas des vôtres, mais cela viendra.

LA COMTESSE

Taisez-vous !

COLOMBINE

Mais aussi de quoi vous avisez-vous, de prendre un si grand tour pour parler à un homme ? Monsieur, soyons amis tant que nous resterons ici, nous nous amuserons, vous à médire des femmes, moi à mépriser les hommes : voilà ce que vous lui avez dit tantôt. Est-ce que l'amusement que vous avez choisi ne vous plaît plus ?

LA COMTESSE

Il me plaira toujours ; mais j'ai songé que je mettrai Lélio plus à son aise, en ne le voyant plus. D'ailleurs la conversation que nous avons eue tantôt ensemble, jointe aux plaisanteries que le Baron a continué de faire chez moi, pourraient donner matière à de nouvelles scènes, que je suis bien aise d'éviter : tiens, prends ce billet.

COLOMBINE

Pour qui ?

LA COMTESSE

Pour Lélio. C'est de cette paysanne dont il s'agit, je lui demande réponse.

COLOMBINE

Un billet à monsieur Lélio, exprès pour ne point donner matière à la plaisanterie ! mais voilà des précautions d'un jugement...

LA COMTESSE

Fais ce que je te dis.

COLOMBINE

Madame, c'est une maladie qui commence : votre cœur en est à son premier accès de fièvre. Tenez, le billet n'est plus nécessaire, je vois Lélio qui s'approche.

LA COMTESSE

Je me retire, faites votre commission.

SCÈNE II

LÉLIO, ARLEQUIN, COLOMBINE

LÉLIO

Pourquoi donc madame la Comtesse se retire-t-elle en me voyant ?

COLOMBINE, *présentant le billet.*

Monsieur... ma maîtresse a jugé à propos de réduire sa conversation dans ce billet. À la campagne on a l'esprit ingénieux.

LÉLIO

Je ne vois pas la finesse qu'il peut y avoir à me laisser là, quand j'arrive, pour m'entretenir dans des papiers. J'allais prendre des mesures avec elle pour nos paysans ; mais voyons ses raisons.

ARLEQUIN

Je vous conseille de lui répondre sur une carte, cela sera bien aussi drôle.

LÉLIO *lit.*

Monsieur, depuis que nous nous sommes quittés, j'ai fait réflexion qu'il était assez inutile de nous voir. Oh !

très inutile, je l'ai pensé de même. *Je prévois que cela vous gênerait, et moi, à qui il n'ennuie pas d'être seule, je serais fâchée de vous contraindre.* Vous avez raison, Madame ; je vous remercie de votre attention. *Vous savez la prière que je vous ai faite tantôt au sujet du mariage de nos jeunes gens, je vous prie de vouloir bien me marquer là-dessus quelque chose de positif.* Volontiers, Madame, vous n'attendrez point ! Voilà la femme du caractère le plus passable que j'aie vue de ma vie ; si j'étais capable d'en aimer quelqu'une, ce serait elle.

ARLEQUIN

Par la morbleu j'ai peur que ce tour-là ne vous joue d'un mauvais tour.

LÉLIO

Oh non, l'éloignement qu'elle a pour moi me donne en vérité beaucoup d'estime pour elle, cela est dans mon goût : je suis ravi que la proposition vienne d'elle, elle m'épargne, à moi, la peine de la lui faire.

ARLEQUIN

Pour cela oui, notre dessein était de lui dire que nous ne voulions plus d'elle.

COLOMBINE

Quoi ! ni de moi non plus ?

ARLEQUIN

Oh ! je suis honnête, je ne veux point dire aux gens des injures à leur nez.

COLOMBINE

Eh bien, Monsieur, faites-vous réponse ?

LÉLIO

Oui, ma chère enfant, j'y cours : vous pouvez lui dire, puisqu'elle choisit le papier pour le champ de bataille de nos conversations, que j'en ai près d'une rame chez moi, et que le terrain ne me manquera de longtemps.

ARLEQUIN

Hé, hé, hé, nous verrons à qui aura le dernier[1].

COLOMBINE

Vous êtes distrait, Monsieur, vous me dites que vous courez faire réponse, et vous voilà encore ?

LÉLIO

J'ai tort, j'oublie les choses d'un moment à l'autre. Attendez là un moment.

COLOMBINE, *l'arrêtant.*

C'est-à-dire que vous êtes bien charmé du parti que prend ma maîtresse.

ARLEQUIN

Pardi, cela est admirable !

LÉLIO

Oui, assurément cela me fera plaisir.

COLOMBINE

Cela se passera. Allez.

LÉLIO

Il faut bien que cela se passe.

ARLEQUIN

Emmenez-moi avec vous, car je ne me fie point à elle.

COLOMBINE

Oh ! je n'attendrai point, si je suis seule : je veux causer.

LÉLIO

Fais-lui l'honnêteté de rester avec elle, je vais revenir.

SCÈNE III

ARLEQUIN, COLOMBINE

ARLEQUIN

J'ai bien affaire, moi, d'être honnête à mes dépens.

COLOMBINE

Et que crains-tu ? tu ne m'aimes point, tu ne veux point m'aimer.

ARLEQUIN

Non, je ne veux point t'aimer, mais je n'ai que faire de prendre la peine de m'empêcher de le vouloir.

COLOMBINE

Tu m'aimerais donc si tu ne t'en empêchais ?

ARLEQUIN

Laissez-moi en repos, mademoiselle Colombine, promenez-vous d'un côté, et moi d'un autre, sinon je m'enfuirai, car je réponds tout de travers.

COLOMBINE

Puisqu'on ne peut avoir l'honneur de ta compagnie qu'à ce prix-là, je le veux bien, promenons-nous. *(Et puis à part, et en se promenant, comme Arlequin fait de son côté.)* Tout en badinant cependant, me voilà dans la fantaisie d'être aimée de ce petit corps-là

ARLEQUIN, *déconcerté et se promenant de son côté.*

C'est une malédiction que cet Amour : il m'a tourmenté quand j'en avais, et il me fait encore du mal à cette heure que je n'en veux point. Il faut prendre patience et faire bonne mine. *(Il chante.)* Turlu turluton[1].

COLOMBINE, *le rencontrant sur le théâtre, et l'arrêtant*[2].

Mais vraiment, tu as la voix belle. Sais-tu la musique ?

ARLEQUIN, *s'arrêtant aussi.*

Oui, je commence à lire les paroles. *(Il chante.)* Tourleroutoutou.

COLOMBINE, *continuant de se promener.*

Peste soit du petit coquin, sérieusement je crois qu'il me pique.

ARLEQUIN, *de son côté.*

Elle me regarde, elle voit bien que je fais semblant de ne pas songer à elle.

COLOMBINE

Arlequin ?

ARLEQUIN

Hom.

COLOMBINE

Je commence à me lasser de la promenade.

ARLEQUIN

Cela se peut bien.

COLOMBINE

Comment te va le cœur ?

ARLEQUIN

Ah ! je ne prends pas garde à cela.

COLOMBINE

Gageons que tu m'aimes ?

ARLEQUIN

Je ne gage jamais, je suis trop malheureux, je perds toujours.

COLOMBINE, *allant à lui.*

Oh ! tu m'ennuies, je veux que tu me dises franchement que tu m'aimes.

ARLEQUIN

Encore un petit tour de promenade.

COLOMBINE

Non, parle, ou je te hais.

ARLEQUIN

Et que t'ai-je fait pour me haïr ?

COLOMBINE

Savez-vous bien, monsieur le butor, que je vous trouve à mon gré, et qu'il faut que vous soupiriez pour moi ?

ARLEQUIN

Je te plais donc ?

COLOMBINE

Oui ; ta petite figure me revient assez.

ARLEQUIN

Je suis perdu, j'étouffe, adieu ma vie, sauve qui peut… Ah ! Monsieur, vous voilà.

SCÈNE IV

LÉLIO, ARLEQUIN, COLOMBINE

LÉLIO

Qu'as-tu donc ?

ARLEQUIN

Hélas ! c'est ce lutin-là qui me prend à la gorge ; elle veut que je l'aime.

LÉLIO

Et ne saurais-tu lui dire que tu ne veux pas ?

ARLEQUIN

Vous en parlez bien à votre aise : elle a la malice de me dire qu'elle me haïra.

COLOMBINE

J'ai entrepris la guérison de sa folie, il faut que j'en vienne à bout. Va, va, c'est partie à remettre.

ARLEQUIN

Voyez la belle guérison ; je suis de la moitié plus fou que je n'étais.

LÉLIO

Bon courage, Arlequin. Tenez Colombine, voilà la réponse au billet de votre maîtresse.

COLOMBINE

Monsieur, ne l'avez-vous pas faite un peu trop fière ?

LÉLIO

Eh ! pourquoi la ferais-je fière ? Je la fais indifférente. Ai-je quelque intérêt de la faire autrement ?

COLOMBINE

Écoutez, je vous parle en amie. Les plus courtes folies sont les meilleures : l'homme est faible, tous les philosophes du temps passé nous l'ont dit, et je m'en fie bien à eux. Vous vous croyez leste et gaillard, vous n'êtes point cela; ce que vous êtes est caché derrière tout cela; si j'avais besoin d'indifférence et qu'on en vendît, je ne ferais pas emplette de la vôtre, j'ai bien peur que ce ne soit une drogue de charlatan, car on dit que l'Amour en est un. Et franchement, vous m'avez tout l'air d'avoir pris de son mithridate[1]. Vous vous agitez, vous allez et venez, vous riez du bout des dents, vous êtes sérieux tout de bon : tout autant de symptômes d'une indifférence amoureuse.

LÉLIO

Et laissez-moi, Colombine, ce discours-là m'ennuie.

COLOMBINE

Je pars, mais mon avis est que vous avez la vue trouble; attendez qu'elle s'éclaircisse, vous verrez mieux votre chemin; n'allez pas vous jeter dans quelque ornière, vous embourber dans quelque pas[2]. Quand vous soupirerez, vous serez bien aise de trouver un écho qui vous réponde. N'en dites rien, ma maîtresse est étourdie du bateau[3]; la bonne dame bataille, et c'est autant de battu; *motus*, Monsieur, je suis votre servante.

Elle s'en va.

SCÈNE V

LÉLIO, ARLEQUIN

LÉLIO

Ah, ah, ah, cela ne te fait-il pas rire?

ARLEQUIN

Non.

LÉLIO

Cette folle, qui me vient dire qu'elle croit que sa maîtresse s'humanise, elle qui me fuit, et qui me fuit moi présent ! Oh ! parbleu madame la Comtesse, vos manières sont tout à fait de mon goût ; je les trouve pourtant un peu sauvages, car enfin l'on n'écrit pas à un homme de qui l'on n'a pas à se plaindre : Je ne veux plus vous voir, vous me fatiguez, vous m'êtes insupportable. Et voilà le sens du billet, tout mitigé qu'il est. Oh ! la vérité est que je ne croyais pas être si haïssable. Qu'en dis-tu, Arlequin ?

ARLEQUIN

Eh, Monsieur, chacun a son goût.

LÉLIO

Parbleu, je suis content de la réponse que j'ai faite au billet, et de l'air dont je l'ai reçu : mais très content.

ARLEQUIN

Cela ne vaut pas la peine d'être si content, à moins qu'on ne soit fâché. Tenez-vous ferme, mon cher maître, car si vous tombez me voilà à bas.

LÉLIO

Moi tomber ? Je pars dès demain pour Paris : voilà comme je tombe.

ARLEQUIN

Ce voyage-là pourrait bien être une culbute à gauche, au lieu d'une culbute à droite.

LÉLIO

Point du tout, cette femme croirait peut-être que je serais sensible à son amour, et je veux la laisser là, pour lui prouver que non.

ARLEQUIN

Que ferai-je donc, moi ?

LÉLIO

Tu me suivras.

ARLEQUIN

Mais je n'ai rien à prouver à Colombine.

LÉLIO

Bon, ta Colombine, il s'agit bien de Colombine : veux-tu encore aimer, dis ? Ne te souvient-il plus de ce que c'est qu'une femme ?

ARLEQUIN

Je n'ai non plus de mémoire qu'un lièvre, quand je vois cette fille-là.

LÉLIO, *avec distraction.*

Il faut avouer que les bizarreries de l'esprit d'une femme sont des pièges bien finement dressés contre nous !

ARLEQUIN

Dites-moi, Monsieur, j'ai fait un gros serment de n'être plus amoureux ; mais si Colombine m'ensorcelle, je n'ai pas mis cet article dans mon marché, mon serment ne vaudra rien, n'est-ce pas ?

LÉLIO, *distrait.*

Nous verrons. Ce qui m'arrive avec la Comtesse ne suffirait-il pas pour jeter des étincelles de passion dans le cœur d'un autre ? Oh, sans l'inimitié que j'ai vouée à l'amour, j'extravaguerais actuellement, peut-être. Je sens bien qu'il ne m'en faudrait pas davantage, je serais piqué, j'aimerais : cela irait tout de suite[1].

ARLEQUIN

J'ai toujours entendu dire : Il a du cœur comme un César. Mais si ce César était à ma place, il serait bien sot.

LÉLIO, *continuant.*

Le hasard me fait connaître une femme qui hait l'amour ; nous lions cependant commerce d'amitié, qui doit durer pendant notre séjour ici : je la conduis chez elle, nous nous quittons en bonne intelligence, nous avons à nous revoir ; je viens la trouver indifféremment, je ne songe non plus à l'amour qu'à m'aller noyer, j'ai vu sans danger les charmes de sa personne. Voilà qui est fini, ce semble. Point du tout, cela n'est pas fini, j'ai maintenant affaire à des caprices, à des fantaisies ; équipages d'esprit que toute femme apporte en naissant. Madame la Comtesse se met à rêver, et l'idée qu'elle imagine en se jouant serait la ruine de mon repos si j'étais capable d'y être sensible

ARLEQUIN

Mon cher maître, je crois qu'il faudra que je saute le bâton[2].

LÉLIO

Un billet m'arrête en chemin : billet diabolique, empoisonné, où l'on écrit que l'on ne veut plus me voir, que ce n'est pas la peine. M'écrire cela à moi ! qui suis en pleine sécurité, qui n'ai rien fait à cette femme, s'attend-on à cela ? Si je ne prends garde à moi, si je raisonne à l'ordinaire, qu'en arrivera-t-il ? je serai étonné, déconcerté ; premier degré de folie, car je vois cela tout comme si j'y étais ; après quoi, l'amour-propre s'en mêle ; je me croirais méprisé, parce qu'on s'estime un peu, je m'aviserai d'être choqué, me voilà fou complet. Deux jours après, c'est de l'amour qui se déclare, d'où vient-il ? pourquoi vient-il ? d'une petite fantaisie magique qui prend à une femme, et qui plus est, ce n'est pas sa faute à elle ; la nature a mis du poison pour nous dans toutes ses idées : son esprit ne peut se retourner qu'à notre dommage, sa vocation est de nous mettre en démence. Elle fait sa charge involontairement. Ah ! que je suis heureux dans cette occasion-ci, d'être à l'abri de tous ces périls ! le voilà, ce billet insultant, malhonnête ; mais cette réflexion-là me met de mauvaise humeur ; les mauvais procédés m'ont toujours déplu, et le vôtre est un des plus déplaisants, madame la Comtesse, je suis bien fâché de ne l'avoir pas rendu à Colombine.

ARLEQUIN, *entendant nommer sa maîtresse.*

Monsieur, ne me parlez plus d'elle, car, voyez-vous, j'ai dans mon esprit qu'elle est amoureuse, et j'enrage.

LÉLIO

Amoureuse ? Elle amoureuse ?

ARLEQUIN

Oui, je la voyais tantôt qui badinait, qui ne savait que dire, elle tournait autour du pot, je crois même qu'elle a tapé du pied ; tout cela est signe d'amour, tout cela mène un homme à mal.

LÉLIO

Si je m'imaginais que ce que tu dis fût vrai, nous partirions tout à l'heure pour Constantinople.

ARLEQUIN

Eh ! mon maître, ce n'est pas la peine que vous faisiez[1] ce chemin-là pour moi, je ne mérite pas cela, et il vaut mieux que j'aime que de vous coûter tant de dépense.

LÉLIO

Plus j'y rêve, et plus je vois qu'il faut que tu sois fou pour me dire que je lui plais, après son billet et son procédé.

ARLEQUIN

Son billet ! de qui parlez-vous ?

LÉLIO

D'elle.

ARLEQUIN

Eh bien, ce billet n'est pas d'elle.

LÉLIO

Il ne vient pas d'elle ?

ARLEQUIN

Pardi non, c'est de la Comtesse.

LÉLIO

Eh de qui diantre me parles-tu donc, butor ?

ARLEQUIN

Moi ! de Colombine, ce n'était donc pas à cause d'elle que vous vouliez me mener à Constantinople ?

LÉLIO

Peste soit de l'animal avec son galimatias !

ARLEQUIN

Je croyais que c'était pour moi que vous vouliez voyager.

LÉLIO

Oh qu'il ne t'arrive plus de faire de ces méprises-là, car j'étais certain que tu n'avais rien remarqué pour moi dans la Comtesse.

ARLEQUIN

Si fait, j'ai remarqué qu'elle vous aimera bientôt.

LÉLIO

Tu rêves.

ARLEQUIN

Et je remarque que vous l'aimerez aussi.

LÉLIO

Moi l'aimer ! moi l'aimer : tiens, tu me feras plaisir de savoir adroitement de Colombine les dispositions où elle se trouve ; car je veux savoir à quoi m'en tenir. Et si, contre toute apparence, il se trouvait dans son cœur une ombre de penchant pour moi, vite à cheval : je pars.

ARLEQUIN

Bon ! et vous partez demain pour Paris.

LÉLIO

Qu'est-ce qui t'a dit[1] cela ?

ARLEQUIN

Vous, il n'y a qu'un moment, mais c'est que la mémoire vous faille[2], comme à moi. Voulez-vous que je vous dise, il est bien aisé de voir que le cœur vous démange ; vous parlez tout seul, vous faites des discours qui ont dix lieues de long, vous voulez vous en aller en Turquie, vous mettez vos bottes, vous les ôtez, vous partez, vous restez, et puis du noir, et puis du blanc : pardi, quand on ne sait ni ce qu'on dit ni ce qu'on fait, ce n'est pas pour des prunes. Et moi, que ferai-je après, quand je vois mon maître qui perd l'esprit ? le mien s'en va de compagnie.

LÉLIO

Je te dis qu'il ne me reste plus qu'une simple curiosité, c'est de savoir s'il ne se passerait pas quelque chose dans le cœur de la Comtesse, et je donnerais tout à l'heure cent écus, pour avoir soupçonné juste. Tâchons de le savoir.

ARLEQUIN

Mais encore une fois, je vous dis que Colombine m'attrapera, je le sens bien.

LÉLIO

Écoute, après tout, mon pauvre Arlequin, si tu te fais tant de violence pour ne pas aimer cette fille-là, je ne t'ai jamais conseillé l'impossible.

ARLEQUIN

Par la mardi vous parlez d'or, vous m'ôtez plus de cent pesant[1] de dessus le corps, et vous prenez bien la chose. Franchement, Monsieur, la femme est un peu vaurienne, mais elle a du bon. Entre nous, je la crois plus ratière[2] que malicieuse. Je m'en vais tâcher de rencontrer Colombine, et je ferai votre affaire. Je ne veux pas l'aimer, mais si j'ai tant de peine à me retenir, adieu panier[3], je me laisserai aller ; si vous m'en croyez vous ferez de même. Être amoureux et ne l'être pas, ma foi je donnerai le choix pour un liard[4]. C'est misère : j'aime mieux la misère gaillarde que la misère triste. Adieu, je vais travailler pour vous.

LÉLIO

Attends : Tiens, ce n'est pas la peine que tu y ailles.

ARLEQUIN

Pourquoi ?

LÉLIO

C'est que ce que je pourrais apprendre ne me servirait de rien. Si elle m'aime, que m'importe ? si elle ne m'aime pas, je n'ai pas besoin de le savoir ; ainsi je ferai mieux de rester comme je suis.

ARLEQUIN

Monsieur, si je deviens amoureux, je veux avoir la consolation que vous le soyez aussi, afin qu'on dise toujours : tel valet, tel maître[1]. Je ne m'embarrasse pas d'être un ridicule, pourvu que je vous ressemble. Si la Comtesse vous aime, je viendrai vitement vous le dire, afin que cela vous achève : par bonheur que vous êtes déjà bien avancé, et cela me fait un grand plaisir. Je m'en vais voir l'air du bureau[2].

SCÈNE VI

LÉLIO, JACQUELINE

LÉLIO

Je ne le querelle point, car il est déjà tout égaré.

JACQUELINE

Monsieur ?

LÉLIO, *distrait.*

Je prierai pourtant la Comtesse d'ordonner à Colombine de laisser ce malheureux en repos : mais peut-être elle est bien aise elle-même que l'autre travaille à lui détraquer la cervelle, car madame la Comtesse n'est pas dans le goût de m'obliger.

JACQUELINE

Monsieur ?

LÉLIO, *d'un air fâché et agité.*

Eh bien, que veux-tu ?

JACQUELINE

Je vians vous demander mon congé.

LÉLIO, *sans l'entendre.*

Morbleu, je n'entends parler que d'amour, eh laissez-moi respirer, vous autres ! vous me lassez, faites comme il vous plaira ; j'ai la tête remplie de femmes et de tendresses : ces maudites idées-là me suivent partout, elles m'assiègent, Arlequin d'un côté, les folies de la Comtesse de l'autre, et toi aussi.

JACQUELINE

Monsieur, c'est que je vians vous dire que je veux m'en aller.

LÉLIO

Pourquoi ?

JACQUELINE

C'est que Piarre ne m'aime plus, ce méséráble-là s'est amouraché de la fille à Thomas. Tenez, Monsieur, ce que c'est que la cruauté des hommes, je l'ai vu qui batifolait avec elle ; moi, pour le faire venir, je lui ai fait comme ça avec le bras : Et y allons donc, et le vilain qu'il est m'a fait comme cela un geste du coude ; cela voulait dire : Va te promener. Oh que les hommes sont traîtres ! voilà qui est fait, j'en suis si soûle, si soûle, que je n'en veux plus entendre parler, et je vians pour cet effet vous demander mon congé.

LÉLIO

De quoi s'avise ce coquin-là d'être infidèle ?

JACQUELINE

Je ne comprends pas cela, il m'est avis que c'est un rêve.

LÉLIO

Tu ne le comprends pas ? c'est pourtant un vice dont il a plu aux femmes d'enrichir l'humanité.

JACQUELINE

Qui que ce soit, voilà de belles richesses qu'on a boutées là dans le monde.

LÉLIO

Va, va, Jacqueline, il ne faut pas que tu t'en ailles.

JACQUELINE

Oh, Monsieur, je ne veux pas rester dans le village, car on est si faible ; si ce garçon-là me recharchait, je ne sis pas rancuneuse, il y aurait du rapatriage, et je prétends être brouillée.

LÉLIO

Ne te presse pas, nous verrons ce que dira la Comtesse.

JACQUELINE

Hom ! la voilà, cette Comtesse. Je m'en vas, Piarre est son valet, et ça me fâche itou contre elle.

SCÈNE VII

LÉLIO, LA COMTESSE, *qui cherche à terre avec application*[1]

LÉLIO, *la voyant chercher.*

Elle m'a fui tantôt : si je me retire, elle croira que je prends ma revanche, et que j'ai remarqué son procédé ; comme il n'en est rien, il est bon de lui paraître tout aussi indifférent que je le suis. Continuons de rêver, je n'ai qu'à ne lui point parler pour remplir les conditions du billet.

LA COMTESSE, *cherchant toujours.*

Je ne trouve rien

LÉLIO

Ce voisinage-là me déplaît : je crois que je ferai fort bien de m'en aller, dût-elle penser ce qu'elle voudra. *(Et puis la voyant approcher.)* Oh parbleu, c'en est trop, Madame, vous m'avez fait l'honneur de m'écrire qu'il était inutile de nous revoir, et j'ai trouvé que vous pensiez juste. Mais je prendrai la liberté de vous représenter que vous me mettez hors d'état de vous obéir . le moyen de ne vous point voir ? je me trouve près de vous, Madame, vous venez jusqu'à moi. Je me trouve irrégulier sans avoir tort !

LA COMTESSE

Hélas, Monsieur, je ne vous voyais pas : après cela, quand je vous aurais vu, je ne me ferais pas un grand scrupule d'approcher de l'endroit où vous êtes, et je ne me détournerais pas de mon chemin à cause de vous ; je vous dirai cependant que vous outrez les termes de mon billet, il ne signifiait pas : Haïssons-nous, soyons-nous odieux. Si vos dispositions de haine, ou pour toutes les femmes, ou pour moi, vous l'ont fait expliquer comme cela, et si vous le pratiquez comme vous l'entendez, ce n'est pas ma faute. Je vous plains beaucoup de m'avoir vue, vous souffrez apparemment, et j'en suis fâchée, mais vous avez le champ libre, voilà de la place pour fuir, délivrez-vous de ma vue. Quant à moi, Monsieur, qui ne vous hais ni ne vous aime, qui n'ai ni chagrin ni plaisir à vous voir, vous trouverez bon que j'aille mon train, que vous me soyez un objet parfaitement indifférent, et que j'agisse tout comme si vous n'étiez pas là. Je cherche mon portrait, j'ai besoin de quelques petits diamants qui en ornent la boîte, je l'ai prise pour les envoyer démonter à Paris, et Colombine, à qui je l'ai donné pour le remettre à un de mes gens qui part exprès, l'a perdu ; voilà ce qui m'occupe, et si je vous avais aperçu là, il ne m'en aurait coûté que de vous prier très froidement et très poliment de vous détourner. Peut-être même m'aurait-il pris fantaisie de vous prier de chercher avec moi, puisque vous vous trouvez là : car je n'aurais pas deviné que ma présence vous affligeait ; à présent que je le sais, je n'userai point d'une prière incivile : fuyez vite, Monsieur, car je continue.

LÉLIO

Madame, je ne veux point être incivil non plus, et je reste puisque je puis vous rendre service, je vais chercher avec vous.

LA COMTESSE

Ah non, Monsieur, ne vous contraignez pas ; allez-vous-en, je vous dis que vous me haïssez, je vous l'ai dit, vous n'en disconvenez point. Allez-vous-en donc, ou je m'en vais.

LÉLIO

Parbleu, Madame, c'est trop souffrir de rebuts en un jour, et billet et discours, tout se ressemble ; Adieu, donc, Madame, je suis votre serviteur.

LA COMTESSE

Monsieur, je suis votre servante. *(Quand il est parti, elle dit :)* Mais à propos, cet étourdi qui s'en va et qui n'a point marqué positivement dans son billet ce qu'il voulait donner à sa fermière ; il me dit simplement qu'il verra ce qu'il doit faire. Ah ! je ne suis pas d'humeur à mettre toujours la main à la plume. Je me moque de sa haine, il faut qu'il me parle. *(Dans l'instant elle part pour le rappeler, quand il revient lui-même.)* Quoi ! vous revenez, Monsieur ?

LÉLIO, *d'un air agité.*

Oui, Madame, je reviens, j'ai quelque chose à vous dire, et puisque vous voilà, ce sera un billet épargné et pour vous, et pour moi.

LA COMTESSE

À la bonne heure, de quoi s'agit-il ?

LELIO

C'est que le neveu de votre fermier ne doit plus compter sur Jacqueline. Madame, cela doit vous faire plaisir, car cela finit le peu de commerce forcé que nous avons ensemble.

LA COMTESSE

Le commerce forcé ! Vous êtes bien difficile, Monsieur, et vos expressions sont bien naïves ! Mais passons. Pourquoi donc, s'il vous plaît, Jacqueline ne veut-elle pas de ce jeune homme ? que signifie ce caprice-là ?

LÉLIO

Ce que signifie un caprice ? je vous le demande, Madame, cela n'est point à mon usage, et vous le définirez mieux que moi.

LA COMTESSE

Vous pourriez cependant me rendre un bon compte de celui-ci, si vous vouliez : il est votre ouvrage apparemment ; je me mêlais de leur mariage, cela vous fatiguait, vous avez tout arrêté. Je vous suis obligée de vos égards.

LÉLIO

Moi, Madame !

LA COMTESSE

Oui, Monsieur, il n'était pas nécessaire de vous y prendre de cette façon-là ; cependant je ne trouve point mauvais que le peu d'intérêt[1] que j'avais à vous voir fût à charge[2]. Je ne condamne point dans les autres ce qui est en moi, et sans le hasard qui nous rejoint ici, vous ne m'auriez vue de votre vie, si j'avais pu.

LÉLIO

Eh je n'en doute pas, Madame, je n'en doute pas.

LA COMTESSE

Non, Monsieur, de votre vie ; eh pourquoi en douteriez-vous ? En vérité, je ne vous comprends pas ! Vous avez rompu avec les femmes, moi avec les hommes : vous n'avez pas changé de sentiments, n'est-il pas vrai ? d'où vient donc que j'en changerais ? Sur quoi en changerais-je ? y songez-vous ? Oh mettez-vous dans l'esprit que mon opiniâtreté vaut bien la vôtre, et que je n'en démordrai point.

LÉLIO

Eh Madame, vous m'en avez accablé, de preuves d'opiniâtreté ; ne m'en donnez plus, voilà qui est fini. Je ne songe à rien, je vous assure.

LA COMTESSE

Qu'appelez-vous, Monsieur, vous ne songez à rien ? mais du ton dont vous le dites, il semble que vous vous imaginez m'annoncer une mauvaise nouvelle ? Eh bien, Monsieur, vous ne m'aimerez jamais, cela est-il si triste ? Oh je le vois bien, je vous ai écrit qu'il ne fallait plus nous voir, et je veux mourir si vous n'avez pris cela pour quelque agitation de cœur ; assurément vous me soupçonnez de penchant pour vous. Vous m'assurez que vous n'en aurez jamais pour moi : vous croyez me mortifier, vous le croyez, monsieur Lélio, vous le croyez, vous dis-je, ne vous en défendez point. J'espérais que vous me divertiriez en m'aimant. Vous avez pris un autre tour, je ne perds point au change, et je vous trouve très divertissant comme vous êtes.

LÉLIO, *d'un air riant et piqué.*

Ma foi, Madame, nous ne nous ennuierons donc point ensemble, si je vous réjouis, vous n'êtes point ingrate : vous espériez que je vous divertirais, mais vous ne m'aviez pas dit que je serais diverti. Quoi qu'il en soit, brisons là-dessus, la comédie ne me plaît pas longtemps, et je ne veux être ni acteur, ni spectateur.

LA COMTESSE, *d'un ton badin.*

Écoutez, Monsieur, vous m'avouerez qu'un homme à votre place, qui se croit aimé, surtout quand il n'aime pas, se met en prise[1] ?

LÉLIO

Je ne pense point que vous m'aimez, Madame, vous me traitez mal, mais vous y trouvez du goût. N'usez point de prétexte, je vous ai déplu d'abord ; moi spécialement je l'ai remarqué, et si je vous aimais, de tous les hommes qui pourraient vous aimer, je serais peut-être le plus humilié, le plus raillé, et le plus à plaindre.

LA COMTESSE

D'où vous vient cette idée-là ? Vous vous trompez, je serais fâchée que vous m'aimassiez, parce que j'ai résolu de ne point aimer : mais quelque chose que j'aie dit, je croirais du moins devoir vous estimer.

LÉLIO

J'ai bien de la peine à le croire.

LA COMTESSE

Vous êtes injuste ! je ne suis pas sans discernement. Mais à quoi bon faire cette supposition, que si vous m'aimiez je vous traiterais plus mal qu'un autre ? La supposition est inutile, puisque vous n'avez point envie de faire l'essai de mes manières, que vous importe ce qui en arriverait ? cela vous doit être indifférent ; vous ne m'aimez pas ? car enfin, si je le pensais...

LÉLIO

Eh je vous prie, point de menace, Madame : vous m'avez tantôt offert votre amitié, je ne vous demande que cela, je n'ai besoin que de cela. Ainsi vous n'avez rien à craindre.

LA COMTESSE, *d'un air froid.*

Puisque vous n'avez besoin que de cela, Monsieur, j'en suis ravie ; je vous l'accorde, j'en serai moins gênée avec vous.

LÉLIO

Moins gênée, ma foi, Madame, il ne faut pas que vous la soyez du tout ; et tout bien pesé, je crois que nous ferons mieux de suivre les termes de votre billet.

LA COMTESSE

Oh de tout mon cœur : allons, Monsieur, ne nous voyons plus. Je fais présent de cent pistoles[1] au neveu de mon fermier ; vous me ferez savoir ce que vous voulez donner à la fille, et je verrai si je souscrirai à ce mariage, dont notre rupture va lever l'obstacle que vous y avez mis : soyons-nous inconnus l'un à l'autre ; j'oublie que je vous ai vu ; je ne vous reconnaîtrai pas demain.

LÉLIO

Et moi, Madame, je vous reconnaîtrai toute ma vie, je ne vous oublierai point, vos façons avec moi vous ont gravé pour jamais dans ma mémoire.

LA COMTESSE

Vous m'y donnerez la place qu'il vous plaira, je n'ai rien à me reprocher, mes façons ont été celles d'une femme raisonnable.

LÉLIO

Morbleu, Madame, vous êtes une dame raisonnable, à la bonne heure, mais accordez donc cette lettre avec vos premières honnêtetés et avec vos offres d'amitié : cela est inconcevable, aujourd'hui votre ami, demain rien. Pour moi, Madame, je ne vous ressemble pas, et j'ai le cœur aussi jaloux en amitié qu'en amour. Ainsi nous ne nous convenons point.

LA COMTESSE

Adieu, Monsieur, vous parlez d'un air bien dégagé et presque offensant, si j'étais vaine : cependant si j'en crois Colombine je vaux quelque chose à vos yeux mêmes.

LÉLIO

Un moment. Vous êtes de toutes les dames que j'ai vues, celle qui vaut le mieux. Je sens même que j'ai du plaisir à vous rendre cette justice-là. Colombine vous en a dit davantage, c'est une visionnaire, non seulement sur mon chapitre, mais encore sur le vôtre : Madame, je vous en avertis, ainsi n'en croyez jamais au rapport de vos domestiques.

LA COMTESSE

Comment ? que dites-vous, Monsieur ? Colombine vous aurait fait entendre... Ah l'impertinente ! Je la vois qui passe. Colombine, venez ici !

SCÈNE VIII

LA COMTESSE, LÉLIO, COLOMBINE

COLOMBINE *arrive.*

Que me voulez-vous, Madame ?

LA COMTESSE

Ce que je veux ?

COLOMBINE

Si vous ne voulez rien, je m'en retourne.

LA COMTESSE

Parlez ! quels discours avez-vous tenus à Monsieur su mon compte ?

COLOMBINE

Des discours très sensés à mon ordinaire.

LA COMTESSE

Je vous trouve bien hardie d'oser, suivant votre petite cervelle, tirer de folles conjectures de mes sentiments ; et je voudrais bien vous demander sur quoi vous avez compris que j'aime Monsieur, à qui vous l'avez dit.

COLOMBINE

N'est-ce que cela ? je vous jure que je l'ai cru comme je l'ai dit, et je l'ai dit pour le bien de la chose. C'était pour abréger votre chemin à l'un et à l'autre, car vous y viendrez tous deux. Cela ira là, et si la chose arrive je n'aurai fait aucun mal. À votre égard, Madame, je vais vous expliquer sur quoi j'ai pensé que vous aimiez.

LA COMTESSE, *lui coupant la parole.*

Je vous défends de parler.

LÉLIO, *d'un air doux et modeste.*

Je suis honteux d'être la cause de cette explication-là, mais vous pouvez être persuadée que ce qu'elle a pu me dire ne m'a fait aucune impression. Non, Madame, vous ne m'aimez point, et j'en suis convaincu, et je vous avouerai même dans le moment où je suis, que cette conviction m'est nécessaire : je vous laisse. Si nos paysans se raccommodent, je verrai ce que je puis faire pour eux. Puisque vous vous intéressez à leur mariage, je me ferai un plaisir de le hâter, et j'aurai l'honneur de vous porter tantôt ma réponse, si vous me le permettez

LA COMTESSE, *quand il est parti.*

Juste ciel ! que vient-il de me dire ! et d'où vient que je suis émue de ce que je viens d'entendre ? Cette conviction m'est absolument nécessaire [1] ! Non, cela ne signifie rien, et je n'y veux rien comprendre.

COLOMBINE, *à part.*

Oh notre amour se fait grand ! il parlera bientôt bon français.

ACTE III

SCÈNE PREMIÈRE

ARLEQUIN, COLOMBINE

COLOMBINE, *à part les premiers mots.*

Battons-lui toujours froid. Tous les diamants y sont, rien n'y manque, hors le portrait que monsieur Lélio a gardé. C'est un grand bonheur que vous ayez trouvé cela, je vous rends la boîte, il est juste que vous la donniez vous-même à madame la Comtesse : adieu, je suis pressée.

ARLEQUIN *l'arrête.*

Eh là, là, ne vous en allez pas si vite, je suis de si bonne humeur.

COLOMBINE

Je vous ai dit ce que je pensais de ma maîtresse à l'égard de votre maître. Bonjour.

ARLEQUIN

Eh bien dites à cette heure ce que vous pensez de moi, hé, hé, hé !

COLOMBINE

Je pense de vous, que vous m'ennuieriez si je restais plus longtemps.

ARLEQUIN

Fi, la mauvaise pensée, causons pour chasser cela, c'est une migraine.

COLOMBINE

Je n'ai pas le temps, monsieur Arlequin.

ARLEQUIN

Et allons donc, faut-il avoir des manières comme cela avec moi ? vous me traitez de monsieur, cela est-il honnête ?

COLOMBINE

Très honnête. Mais vous m'amusez[1], laissez-moi : que voulez-vous que je fasse ici ?

ARLEQUIN

Me dire comment je me porte : par exemple, me faire de petites questions : Arlequin par-ci, Arlequin par-là ; me demander comme tantôt, si je vous aime : que sait-on ? peut-être je vous répondrai que oui.

COLOMBINE

Oh je ne m'y fie plus.

ARLEQUIN

Si fait, si fait ; fiez-vous-y pour voir.

COLOMBINE

Non, vous haïssez trop les femmes.

ARLEQUIN

Cela m'a passé ; je leur pardonne.

COLOMBINE

Et moi, à compter d'aujourd'hui, je me brouille avec les hommes ; dans un an ou deux, je me raccommoderai peut-être avec ces nigauds-là.

ARLEQUIN

Il faudra donc que je me tienne pendant ce temps-là les bras croisés, à vous voir venir, moi ?

COLOMBINE

Voyez-moi venir dans la posture qu'il vous plaira : que m'importe, que vos bras soient croisés, ou ne le soient pas ?

ARLEQUIN

Par la sambille[1], j'enrage. Maudit esprit lunatique, que je te donnerais de grand cœur un bon coup de poing, si tu ne portais pas une cornette[2] !

COLOMBINE, *riant.*

Ah, je vous entends, vous m'aimez, j'en suis fâchée, mon ami : le Ciel vous assiste !

ARLEQUIN

Mardi oui, je t'aime. Mais laisse-moi faire ; tiens, mon chien d'amour s'en ira, je m'étranglerais plutôt : je m'en vais être ivrogne, je jouerai à la boule toute la journée, je prierai mon maître de m'apprendre le piquet, je jouerai avec lui ou avec moi, je dormirai plutôt que de rester sans rien faire. Tu verras, va ; je cours tirer bouteille, pour commencer.

COLOMBINE

Tu mériterais que je te fisse expirer de pur chagrin, mais je suis généreuse. Tu as méprisé toutes les suivantes de France en ma personne, je les représente. Il faut une réparation à cette insulte ; à mon égard je t'en quitterais[1] volontiers, mais je ne puis trahir les intérêts et l'honneur d'un corps si respectable pour toi ; fais-lui donc satisfaction. Demande-lui à genoux pardon de toutes tes impertinences, et la grâce t'est accordée.

ARLEQUIN

M'aimeras-tu après cette autre impertinence-là ?

COLOMBINE

Humilie-toi, et tu seras instruit.

ARLEQUIN, *se mettant à genoux.*

Pardi je le veux bien. Je demande pardon à ce drôle de corps pour qui tu parles.

COLOMBINE

En diras-tu du bien ?

ARLEQUIN

C'est une autre affaire. Il est défendu de mentir.

COLOMBINE

Point de grâce.

ARLEQUIN

Accommodons-nous. Je n'en dirai ni bien ni mal. Est-ce fait ?

COLOMBINE

Hé ! la réparation est un peu cavalière, mais le corps n'est pas formaliste : baise-moi la main, en signe de paix, et lève-toi. Tu me parais vraiment repentant, cela me fait plaisir.

ARLEQUIN, *relevé.*

Tu m'aimeras au moins ?

COLOMBINE

Je l'espère.

ARLEQUIN, *sautant.*

Je me sens plus léger qu'une plume.

COLOMBINE

Écoute, nous avons intérêt de hâter l'amour de nos maîtres, il faut qu'ils se marient ensemble.

ARLEQUIN

Oui, afin que je t'épouse, par-dessus le marché.

COLOMBINE

Tu l'as dit. N'oublions rien pour les conduire à s'avouer qu'ils s'aiment. Quand tu rendras la boîte à la Comtesse, ne manque pas de lui dire pourquoi ton maître en garde le portrait ! Je la vois qui rêve, retire-toi, et reviens dans un moment, de peur qu'en nous voyant ensemble, elle ne nous soupçonne d'intelligence. J'ai dessein de la faire parler ; je veux qu'elle sache qu'elle aime : son amour en ira mieux, quand elle se l'avouera.

SCÈNE II[1]

LA COMTESSE, COLOMBINE

LA COMTESSE, *d'un air de méchante humeur.*

Ah ! vous voilà, a-t-on trouvé mon portrait ?

COLOMBINE

Je n'en sais rien, Madame, je le fais chercher.

LA COMTESSE

Je viens de rencontrer Arlequin, ne vous a-t-il point parlé ? n'a-t-il rien à me dire de la part de son maître ?

COLOMBINE

Je ne l'ai pas vu.

LA COMTESSE

Vous ne l'avez pas vu ?

COLOMBINE

Non Madame.

LA COMTESSE

Vous êtes donc aveugle ? Avez-vous dit au cocher de mettre les chevaux au carrosse ?

COLOMBINE

Moi ! non, vraiment.

LA COMTESSE

Et pourquoi, s'il vous plaît ?

COLOMBINE

Faute de savoir deviner.

LA COMTESSE

Comment, deviner ? Faut-il tant de fois vous répéter les choses ?

COLOMBINE

Ce qui n'a jamais été dit, n'a pas été répété, Madame, cela est clair : demandez cela à tout le monde.

LA COMTESSE

Vous êtes une grande raisonneuse !

COLOMBINE

Qui diantre savait que vous voulussiez partir, pour aller quelque part ? mais je m'en vais avertir le cocher.

LA COMTESSE

Il n'est plus temps.

COLOMBINE

Il ne faut qu'un instant.

LA COMTESSE

Je vous dis qu'il est trop tard.

COLOMBINE

Peut-on vous demander où vous vouliez aller, Madame ?

LA COMTESSE

Chez ma sœur qui est à sa terre : j'avais dessein d'y passer quelques jours.

COLOMBINE

Et la raison de ce dessein-là ?

LA COMTESSE

Pour quitter Lélio, qui s'avise de m'aimer, je pense.

COLOMBINE

Oh ! rassurez-vous, Madame, je crois maintenant qu'il n'en est rien.

LA COMTESSE

Il n'en est rien ? je vous trouve bien plaisante de me venir dire qu'il n'en est rien ; vous de qui je sais la chose en partie.

COLOMBINE

Cela est vrai, je l'avais cru, mais je vois que je me suis trompée.

LA COMTESSE

Vous êtes faite aujourd'hui pour m'impatienter.

COLOMBINE

Ce n'est pas mon intention.

LA COMTESSE

Non, d'aujourd'hui vous ne m'avez répondu que des impertinences.

COLOMBINE

Mais, Madame, tout le monde se peut tromper.

LA COMTESSE

Je vous dis encore une fois que cet homme-là m'aime, et que je vous trouve ridicule de me disputer cela ! Prenez-y garde, vous me répondrez de cet amour-là, au moins !

COLOMBINE

Moi, Madame, m'a-t-il donné son cœur en garde ? Eh que vous importe, qu'il vous aime ?

LA COMTESSE

Ce n'est pas son amour qui m'importe, je ne m'en soucie guère, mais il m'importe de ne point prendre de fausses idées des gens, et de n'être pas la dupe éternelle de vos étourderies !

COLOMBINE

Voilà un sujet de querelle furieusement tiré par les cheveux : cela est bien subtil !

LA COMTESSE

En vérité, je vous admire dans vos récits ! Monsieur Lélio vous aime, Madame, j'en suis certaine, votre billet l'a piqué, il l'a reçu en colère, il l'a lu de même, il a pâli, il a rougi. Dites-moi, sur un pareil rapport, qui est-ce qui ne croira pas qu'un homme est amoureux ? Cependant il n'en est rien, il ne plaît plus à Mademoiselle que cela soit, elle s'est trompée. Moi, je compte là-dessus, je prends des mesures pour me retirer. Mesures perdues.

COLOMBINE

Quelles si grandes mesures avez-vous donc prises, Madame ? si vos ballots sont faits, ce n'est encore qu'en idée, et cela ne dérange rien. Au bout du compte tant mieux s'il ne vous aime point.

LA COMTESSE

Oh vous croyez que cela va comme votre tête, avec votre tant mieux : il serait à souhaiter qu'il m'aimât, pour justifier le reproche que je lui en ai fait, je suis désolée d'avoir accusé un homme d'un amour qu'il n'a pas ; mais si vous vous êtes trompée, pourquoi Lélio m'a-t-il fait presque entendre qu'il m'aimait ? Parlez donc ! me prenez-vous pour une bête ?

COLOMBINE

Le Ciel m'en préserve !

LA COMTESSE

Que signifie le discours qu'il m'a tenu en me quittant : Madame, vous ne m'aimez point, j'en suis convaincu, et je vous avouerai que cette conviction m'est absolument nécessaire ; n'est-ce pas tout comme s'il m'avait dit : Je serais en danger de vous aimer, si je croyais que vous puissiez m'aimer vous-même ? Allez, allez, vous ne savez ce que vous dites, c'est de l'amour que ce sentiment-là !

COLOMBINE

Cela est plaisant ! je donnerais à ces paroles-là, moi, toute une autre interprétation, tant je les trouve équivoques !

LA COMTESSE

Oh je vous prie, gardez votre belle interprétation, je n'en suis point curieuse, je vois d'ici qu'elle ne vaut rien.

COLOMBINE

Je la crois pourtant aussi naturelle que la vôtre, Madame !

LA COMTESSE

Pour la rareté du fait, voyons donc.

COLOMBINE

Vous savez que monsieur Lélio fuit les femmes ! cela posé, examinons ce qu'il vous dit : Vous ne m'aimez pas, Madame, j'en suis convaincu, et je vous avouerai que cette conviction m'est absolument nécessaire ; c'est-à-dire : Pour rester où vous êtes, j'ai besoin d'être certain que vous ne m'aimez pas, sans quoi je décamperais. C'est une pensée désobligeante, entortillée dans un tour honnête, cela me paraît assez net.

LA COMTESSE, *après avoir rêvé.*

Cette fille-là n'a jamais eu d'esprit que contre moi ; mais, Colombine, l'air affectueux et tendre qu'il a joint à cela ?..

COLOMBINE

Cet air-là, Madame, peut ne signifier encore qu'un homme honteux de dire une impertinence, et qu'il l'adoucit[1] le plus qu'il peut.

LA COMTESSE

Non, Colombine, cela ne se peut pas, tu n'y étais point ; tu ne lui as pas vu prononcer ces paroles-là, je t'assure qu'il les a dites d'un ton de cœur attendri. Par quel esprit de contradiction veux-tu penser autrement ? J'y étais, je m'y connais, ou bien Lélio est le plus fourbe de tous les hommes ! et s'il ne m'aime pas, je fais vœu de détester son caractère ! Oui, son honneur y est engagé, il faut qu'il m'aime ou qu'il soit un malhonnête homme ; car il a donc voulu me faire prendre le change ?

COLOMBINE

Il vous aimait peut-être, et je lui avais dit que vous pourriez l'aimer ; mais vous vous êtes fâchée, et j'ai détruit mon ouvrage : j'ai dit tantôt à Arlequin que vous ne songiez nullement à lui, que j'avais voulu flatter son maître pour me divertir, et qu'enfin monsieur Lélio était l'homme du monde que vous aimeriez le moins.

LA COMTESSE

Et cela n'est pas vrai ! de quoi vous mêlez-vous, Colombine, si monsieur Lélio a du penchant pour moi[1] ? de quoi vous avisez-vous d'aller mortifier un homme à qui je ne veux point de mal ? que j'estime ? Il faut avoir le cœur bien dur, pour donner du chagrin aux gens sans nécessité ! en vérité, vous avez juré de me désobliger !

COLOMBINE

Tenez, Madame, dussiez-vous me quereller, vous aimez cet homme à qui vous ne voulez point de mal ! Oui, vous l'aimez.

LA COMTESSE, *d'un ton froid.*

Retirez-vous.

COLOMBINE

Je vous demande pardon.

LA COMTESSE

Retirez-vous, vous dis-je, j'aurai soin demain de vous payer et de vous renvoyer à Paris.

COLOMBINE

Madame, il n'y a que l'intention de punissable ; et je fais serment que je n'ai eu nul dessein de vous fâcher ; je vous respecte et je vous aime, vous le savez.

LA COMTESSE

Colombine, je vous passe encore cette sottise-là : observez-vous bien dorénavant.

COLOMBINE, *à part les premiers mots.*

Voyons la fin de cela. Je vous l'avoue, une seule chose me chagrine : c'est de m'apercevoir que vous manquez de confiance pour moi, qui ne veux savoir vos secrets que pour vous servir ; de grâce, ma chère maîtresse, ne me donnez plus ce chagrin-là, récompensez mon zèle pour vous, ouvrez-moi votre cœur, vous n'en serez point fâchée.

Colombine approchant de sa maîtresse, et la caressant[1].

LA COMTESSE

Ah !

COLOMBINE

Eh bien ! Voilà un soupir : c'est un commencement de franchise ; achevez donc !

LA COMTESSE

Colombine ?

COLOMBINE

Madame.

LA COMTESSE

Après tout, aurais-tu raison ? Est-ce que j'aimerais ?

COLOMBINE

Je crois que oui : mais d'où vient[1] vous faire un si grand monstre de cela ? eh bien, vous aimez, voilà qui est bien rare !

LA COMTESSE

Non, je n'aime point encore.

COLOMBINE

Vous avez l'équivalent de cela.

LA COMTESSE

Quoi ! je pourrais tomber dans ces malheureuses situations si pleines de troubles, d'inquiétudes, de chagrins, moi, moi ! non, Colombine, cela n'est pas fait encore, je serais au désespoir. Quand je suis venue ici, j'étais triste ; tu me demandais ce que j'avais : ah Colombine ! c'était un pressentiment du malheur qui devait m'arriver.

COLOMBINE

Voici Arlequin qui vient à nous, renfermez vos regrets.

SCÈNE III

ARLEQUIN, LA COMTESSE, COLOMBINE

ARLEQUIN

Madame, mon maître m'a dit que vous aviez perdu une boîte de portrait : je sais un homme qui l'a trouvée ; de quelle couleur est-elle ? combien y a-t-il de diamants ? sont-ils gros ou petits ?

COLOMBINE

Montre, nigaud ! te méfies-tu de Madame ? Tu fais là d'impertinentes questions !

ARLEQUIN

Mais c'est la coutume d'interroger le monde, pour plus grande sûreté : je n'y pense point à mal.

LA COMTESSE

Où est-elle cette boîte ?

ARLEQUIN, *la montrant.*

La voilà, Madame, un autre que vous ne la verrait pas, mais vous êtes une femme de bien.

LA COMTESSE

C'est la même, tiens, prends cela en revanche

ARLEQUIN

Vivent les revanches, le Ciel vous soit en aide !

LA COMTESSE

Le portrait n'y est pas ?

ARLEQUIN

Chut, il n'est pas perdu, c'est mon maître qui le garde.

LA COMTESSE

Il me garde mon portrait, qu'en veut-il faire ?

ARLEQUIN

C'est pour vous mirer[1] quand il ne vous voit plus ; il dit que ce portrait ressemble à une cousine qui est morte, et qu'il aimait beaucoup. Il m'a défendu d'en rien dire, et de vous faire accroire qu'il est perdu ; mais il faut bien vous donner de la marchandise pour votre argent. *Motus*, le pauvre homme en tient.

COLOMBINE

Madame, la cousine dont il parle, peut être morte, mais la cousine qu'il ne dit pas se porte bien, et votre cousin n'est pas votre parent.

ARLEQUIN

Hé, hé, hé.

LA COMTESSE

De quoi ris-tu ?

ARLEQUIN

De ce drôle de cousin : mon maître croit bonnement qu'il garde le portrait à cause de la cousine; et il ne sait pas que c'est à cause de vous, cela est risible, il fait des quiproquos d'apothicaire[1].

LA COMTESSE

Eh que sais-tu si c'est à cause de moi?

ARLEQUIN

Je vous dis que la cousine est un conte à dormir debout. Est-ce qu'on dit des injures à la copie d'une cousine qui est morte?

COLOMBINE

Comment, des injures?

ARLEQUIN

Oui, je l'ai laissé là-bas qui se fâche contre le visage de Madame; il le querelle tant qu'il peut, de ce qu'il aime. Il y a à mourir de rire de le voir faire. Quelquefois il met de bons gros soupirs, au bout des mots qu'il dit : oh! de ces soupirs-là la cousine défunte n'en tâte que d'une dent.

LA COMTESSE

Colombine, il faut absolument qu'il me rende mon portrait, cela est de conséquence pour moi. Je vais lui[2] demander, je ne souffrirai pas mon portrait entre les mains d'un homme. Où se promène-t-il?

ARLEQUIN

De ce côté-là : vous le trouverez sans faute à droite ou à gauche.

SCÈNE IV

LÉLIO, COLOMBINE, ARLEQUIN

ARLEQUIN

Son cœur va-t-il bien ?

COLOMBINE

Oh je te réponds qu'il va grand train ; mais voici ton maître, laisse-moi faire.

LÉLIO *arrive.*

Colombine, où est madame la Comtesse ? je souhaiterais lui parler.

COLOMBINE

Madame la Comtesse va, je pense, partir tout à l'heure pour Paris.

LÉLIO

Quoi sans me voir ! sans me l'avoir dit !

COLOMBINE

C'est bien à vous, à vous apercevoir de cela ; n'avez-vous pas dessein de vivre en sauvage, de quoi vous plaignez-vous ?

LÉLIO

De quoi je me plains ? la question est singulière, mademoiselle Colombine ; voilà donc le penchant que vous lui connaissiez pour moi. Partir sans me dire adieu, et vous voulez que je sois un homme de bon sens, et que je m'accommode de cela, moi ! non, les procédés bizarres me révolteront toujours.

COLOMBINE

Si elle ne vous a pas dit adieu, c'est qu'entre amis on en agit sans façon.

LÉLIO

Amis ! Oh doucement, je veux du vrai dans mes amis, des manières franches et stables, et je n'en trouve point là ; dorénavant je ferai mieux de n'être ami de personne, car je vois bien qu'il n'y a que du faux partout.

COLOMBINE

Lui ferai-je vos compliments ?

ARLEQUIN

Cela sera honnête.

LÉLIO

Et moi, je ne suis point aujourd'hui dans le goût d'être honnête[1], je suis las de la bagatelle.

COLOMBINE

Je vois bien que je ne ferai rien par la feinte, il vaut mieux vous parler franchement. Monsieur, madame la Comtesse ne part pas, elle attend pour se déterminer qu'elle sache si vous l'aimez, ou non ; mais dites-moi naturellement[2] vous-même ce qui en est, c'est le plus court.

LÉLIO

C'est le plus court il est vrai, mais j'y trouve pourtant de la difficulté, car enfin dirai-je que je ne l'aime pas ?

COLOMBINE

Oui, si vous le pensez.

LÉLIO

Mais, madame la Comtesse est aimable, et ce serait une grossièreté.

ARLEQUIN

Tirez votre réponse à la courte paille.

COLOMBINE

Eh bien, dites que vous l'aimez.

LÉLIO

Mais en vérité c'est une tyrannie que cette alternative-là ; si je vais dire que je l'aime, cela dérangera peut-être madame la Comtesse, cela la fera partir ; si je dis que je ne l'aime point[1]...

COLOMBINE

Peut-être aussi partira-t-elle ?

LÉLIO

Vous voyez donc bien que cela est embarrassant.

COLOMBINE

Adieu, je vous entends, je lui rendrai compte de votre indifférence, n'est-ce pas ?

LÉLIO

Mon indifférence, voilà un beau rapport, et cela me ferait un joli cavalier[1] ! Vous décidez bien cela à la légère ; en savez-vous plus que moi ?

COLOMBINE

Déterminez-vous donc.

LÉLIO

Vous me mettez dans une désagréable situation. Dites-lui que je suis plein d'estime, de considération et de respect pour elle.

ARLEQUIN

Discours de Normand que tout cela.

COLOMBINE

Vous me faites pitié.

LÉLIO

Qui, moi ?

COLOMBINE

Oui, et vous êtes un étrange homme, de ne m'avoir pas confié que vous l'aimiez.

LÉLIO

Eh Colombine le savais-je ?

ARLEQUIN

Ce n'est pas ma faute, je vous en avais averti.

LÉLIO

Je ne sais où je suis[2].

COLOMBINE

Ah ! vous voilà dans le ton : songez à dire toujours de même, entendez-vous, Monsieur de l'hermitage ?

LÉLIO

Que signifie cela ?

COLOMBINE

Rien ; sinon que je vous ai donné la question, et que vous avez jasé dans vos souffrances. Tenez-vous gai, l'homme indifférent, tout ira bien. Arlequin, je te le recommande, instruis-le plus amplement, je vais chercher l'autre.

SCÈNE V

LÉLIO, ARLEQUIN

ARLEQUIN

Ah çà, Monsieur, voilà qui est donc fait ! c'est maintenant qu'il faut dire : Va comme je te pousse ! vive l'amour, mon cher maître, et faites chorus, car il n'y a pas deux chemins : il faut passer par là, ou par la fenêtre[1].

LÉLIO

Ah je suis un homme sans jugement.

ARLEQUIN

Je ne vous dispute point cela.

LÉLIO

Arlequin, je ne devais jamais revoir de femmes.

ARLEQUIN

Monsieur, il fallait donc devenir aveugle.

LÉLIO

Il me prend envie de m'enfermer chez moi, et de n'en sortir de six mois. *(Arlequin siffle[1].)* De quoi t'avises-tu de siffler ?

ARLEQUIN

Vous dites une chanson[2], et je l'accompagne. Ne vous fâchez pas, j'ai de bonnes nouvelles à vous apprendre ; cette Comtesse vous aime, et la voilà qui vient vous donner le dernier coup à vous.

LÉLIO, *à part.*

Cachons-lui ma faiblesse ; peut-être ne la sait-elle pas encore.

SCÈNE VI

LA COMTESSE, LÉLIO, ARLEQUIN

LA COMTESSE

Monsieur, vous devez savoir ce qui m'amène.

LÉLIO

Madame, je m'en doute du moins, et je consens à tout. Nos paysans se sont raccommodés et je donne à Jacqueline autant que vous donnez à son amant : c'est de quoi j'allais prendre la liberté de vous informer.

LA COMTESSE

Je vous suis obligée de finir cela, Monsieur, mais j'avais quelque autre chose à vous dire ; bagatelle pour vous, et assez importante pour moi.

LÉLIO

Que serait-ce donc ?

LA COMTESSE

C'est mon portrait, qu'on m'a dit que vous avez, et je viens vous prier de me le rendre, rien ne vous est plus inutile.

LÉLIO

Madame, il est vrai qu'Arlequin a trouvé une boîte de portrait que vous cherchiez ; je vous l'ai fait remettre sur-le-champ ; s'il vous a dit autre chose, c'est un étourdi, et je voudrais bien lui demander où est le portrait dont il parle ?

ARLEQUIN, *timidement.*

Eh Monsieur !

LÉLIO

Quoi ?

ARLEQUIN

Il est dans votre poche.

LÉLIO

Vous ne savez ce que vous dites.

ARLEQUIN

Si fait, Monsieur, vous vous souvenez bien que vous lui avez parlé tantôt ; je vous l'ai vu mettre après dans la poche du côté gauche.

LÉLIO

Quelle impertinence !

LA COMTESSE

Cherchez, Monsieur, peut-être avez-vous oublié que vous l'avez tenu ?

LÉLIO

Ah, Madame, vous pouvez m'en croire.

ARLEQUIN

Tenez Monsieur, tâtez, Madame, le voilà.

LA COMTESSE, *touchant à la poche de la veste.*

Cela est vrai. Il me paraît que c'est lui.

LÉLIO, *mettant la main dans sa poche, et honteux d'y trouver le portrait.*

Voyons donc, il a raison ! Le voulez-vous, Madame ?

LA COMTESSE, *un peu confuse.*

Il le faut bien, Monsieur.

LÉLIO

Comment donc cela s'est-il fait ?

ARLEQUIN

Eh ! c'est que vous vouliez le garder, à cause, disiez-vous, qu'il ressemblait à une cousine qui est morte, et moi, qui suis fin, je vous disais que c'était à cause qu'il ressemblait à Madame, et cela était vrai.

LA COMTESSE

Je ne vois point d'apparence à cela[1].

LÉLIO

En vérité, Madame, je ne comprends pas ce coquin-là. *(À part.)* Tu me la paieras[2].

ARLEQUIN

Madame la Comtesse ! voilà Monsieur qui me menace[3] derrière vous.

LÉLIO

Moi !

ARLEQUIN

Oui, parce que je dis la vérité. Madame, vous me feriez bien du plaisir de l'obliger à vous dire qu'il vous aime, il n'aura pas plutôt avoué cela, qu'il me pardonnera.

LA COMTESSE

Va, mon ami, tu n'as pas besoin de mon intercession.

LÉLIO

Eh Madame, je vous assure que je ne lui veux aucun mal, il faut qu'il ait l'esprit troublé. Retire-toi et ne nous romps plus la tête de tes sots discours. *(Arlequin s'en va, et un moment après Lélio continue.)* Je vous prie Madame, de n'être point fâchée de ce que j'avais votre portrait, j'étais dans l'ignorance.

LA COMTESSE, *d'un air embarrassé.*

Ce n'est rien que cela, Monsieur.

LÉLIO

C'est une aventure qui ne laisse pas que d'avoir un air singulier.

LA COMTESSE

Effectivement.

LÉLIO

Il n'y a personne qui ne se persuade là-dessus que je vous aime.

LA COMTESSE

Je l'aurais cru moi-même, si je ne vous connaissais pas.

LÉLIO

Quand vous le croiriez encore, je ne vous estimerais guère moins clairvoyante.

LA COMTESSE

On n'est pas clairvoyante quand on se trompe, et je me tromperais.

LÉLIO

Ce n'est presque pas une erreur que cela, la chose est si naturelle à penser !

LA COMTESSE

Mais, voudriez-vous que j'eusse cette erreur-là ?

LÉLIO

Moi, Madame : vous êtes la maîtresse.

LA COMTESSE

Et vous le maître, Monsieur.

LÉLIO

De quoi le suis-je ?

LA COMTESSE

D'aimer ou de n'aimer pas.

LÉLIO

Je vous reconnais : l'alternative est bien de vous, Madame !

LA COMTESSE

Eh, pas trop !

LÉLIO

Pas trop. . si j'osais interpréter ce mot-là !

LA COMTESSE

Et que trouvez-vous donc qu'il signifie ?

LÉLIO

Ce qu'apparemment vous n'avez pas pensé.

LA COMTESSE

Voyons.

LÉLIO

Vous ne me le pardonneriez jamais.

LA COMTESSE

Je ne suis pas vindicative.

LÉLIO, *à part.*

Ah ! je ne sais ce que je dois faire.

LA COMTESSE, *d'un air impatient.*

Monsieur Lélio, expliquez-vous, et ne vous attendez pas que je vous devine.

LÉLIO

Eh bien, Madame ! me voilà expliqué[1] ; m'entendez-vous ? Vous ne répondez rien, vous avez raison : mes extravagances ont combattu trop longtemps contre vous, et j'ai mérité votre haine.

LA COMTESSE

Levez-vous, Monsieur.

LÉLIO

Non, Madame : condamnez-moi, ou faites-moi grâce.

LA COMTESSE, *confuse.*

Ne me demandez rien à présent : reprenez le portrait de votre parente, et laissez-moi respirer[2].

ARLEQUIN[3]

Vivat, enfin voilà la fin.

COLOMBINE

Je suis contente de vous, monsieur Lélio.

PIERRE

Parguenne ça me boute la joie au cœur.

LÉLIO

Ne vous mettez en peine de rien, mes enfants, j'aurai soin de votre noce.

PIERRE

Grand marci; mais morgué pisque je sommes en joie, j'allons faire venir les ménétriers que j'avons retenus.

ARLEQUIN

Colombine, pour nous, allons nous marier sans cérémonie.

COLOMBINE

Avant le mariage il en faut un peu, après le mariage je t'en dispense.

DIVERTISSEMENT[1]

LE CHANTEUR

Je ne crains point que Mathurine
S'amuse à me manquer de foi;
Car drès que je vois dans sa mine
Queuque indifférence envars moi,
Sans li demander le pourquoi,
Je laisse aller la pèlerine[2] :
Je ne dis mot; je me tiens coi :
Je batifole avec Claudine.
En voyant ça, la Mathurine

Prend du souci, rêve à part soi ;
Et pis tout d'un coup, la mutine
Me dit : J'enrage contre toi.

LA CHANTEUSE

Colas me disait l'autre jour,
Margot, donne-moi ton amour.
Je répondis, je te le donne,
Mais ne va le dire à personne ;
Colas ne m'entendit pas bien,
Car l'innocent ne reçut rien.

ARLEQUIN

Femmes, nous étions de grands fous
D'être aux champs[1] pour l'amour de vous.
Si de chaque femme volage
L'amant allait planter des choux,
Par la ventrebille[2] je gage
Que nous serions condamnés tous
À travailler au jardinage.

La Seconde Surprise de l'amour

COMÉDIE EN TROIS ACTES, EN PROSE,
REPRÉSENTÉE POUR LA PREMIÈRE FOIS
PAR LES COMÉDIENS-FRANÇAIS
LE MERCREDI 31 DÉCEMBRE 1727

À SON ALTESSE SÉRÉNISSIME
MADAME LA DUCHESSE DU MAINE[1]

Madame,

Je ne m'attendais pas que mes ouvrages dussent jamais me procurer l'honneur infini d'en dédier un à Votre Altesse Sérénissime. Rien de tout ce que j'étais capable de faire, ne m'aurait paru digne de cette fortune-là. Quelle proportion, aurais-je dit, de mes faibles talents et de ceux qu'il faudrait pour amuser la délicatesse d'esprit de cette Princesse ! Je pense encore de même ; et cependant aujourd'hui, vous me permettez de vous faire un hommage de *La Surprise de l'amour.* On a même vu Votre Altesse Sérénissime s'y plaire, et en applaudir les représentations. Je ne saurais me refuser de le dire aux lecteurs, et je puis effectivement en tirer vanité ; mais elle doit être modeste, et voici pourquoi : les esprits aussi supérieurs que le vôtre, Madame, n'exigent pas dans un ouvrage toute l'excellence qu'ils y pourraient souhaiter, plus indulgents que les demi-esprits, ce n'est pas au poids de tout leur goût qu'ils le pèsent pour l'estimer : ils composent, pour ainsi dire, avec un auteur ; ils observent avec finesse ce qu'il est capable de faire, eu égard à ses forces ; et s'il le fait, ils sont contents, parce qu'il a été aussi loin qu'il pouvait aller; et voilà positivement le cas où se trouve *La Surprise de l'amour*[1]. Madame, Votre Altesse Sérénissime a jugé qu'elle avait à peu près le degré de bonté que je pouvais lui donner, et cela vous a suffi pour approuver, car autrement comment m'auriez-vous fait grâce? ne sait-on pas dans le monde toute l'étendue de vos lumières? Combien d'habiles auteurs ne doivent-ils pas la beauté de leurs ouvrages à la sûreté de votre critique! la finesse de votre goût n'a pas moins servi les lettres, que votre protection a encouragé ceux qui les ont cultivées; et ce que je dis là, Madame, ce n'est ni l'auguste naissance de Votre Altesse Sérénissime, ni le rang qu'Elle tient qui me le dicte, c'est le public qui me l'apprend, et le public ne surfait point. Pour moi il ne me reste là-dessus qu'une réflexion à faire; c'est qu'il est bien doux, quand on dédie un livre à une Princesse, et qu'on aime la vérité, de trouver en Elle autant de qualités réelles que la flatterie oserait en feindre. Je suis avec un très profond respect,

Madame,

de Votre Altesse Sérénissime,

le très humble et très obéissant serviteur,

DE MARIVAUX.

ACTEURS[1]

LA MARQUISE, *veuve.*
LE CHEVALIER.
LE COMTE.
LISETTE, *suivante de la Marquise.*
LUBIN, *valet du Chevalier.*
MONSIEUR HORTENSIUS, *pédant.*

ACTE PREMIER

SCÈNE PREMIÈRE

LA MARQUISE, LISETTE

La Marquise entre tristement sur la scène. Lisette la suit sans qu'elle le sache.

LA MARQUISE *s'arrêtant et soupirant.*

Ah !

LISETTE *derrière elle.*

Ah !

LA MARQUISE

Qu'est-ce que j'entends-là ? Ha, c'est vous ?

LISETTE

Oui, Madame.

LA MARQUISE

De quoi soupirez-vous ?

LISETTE

Moi ? de rien ; vous soupirez, je prends cela pour une parole, et je vous réponds de même.

LA MARQUISE

Fort bien ; mais qui est-ce qui vous a dit de me suivre ?

LISETTE

Qui me l'a dit, Madame ? vous m'appelez, je viens ; vous marchez, je vous suis ; j'attends le reste.

LA MARQUISE

Je vous ai appelée, moi ?

LISETTE

Oui, Madame.

LA MARQUISE

Allez, vous rêvez, retournez-vous-en ; je n'ai pas besoin de vous.

LISETTE

Retournez-vous-en ; les personnes affligées ne doivent point rester seules, Madame.

LA MARQUISE

Ce sont mes affaires ; laissez-moi.

LISETTE

Cela ne fait qu'augmenter leur tristesse.

LA MARQUISE

Ma tristesse me plaît.

LISETTE

Et c'est à ceux qui vous aiment à vous secourir dans cet état-là ; je ne veux pas vous laisser mourir de chagrin.

LA MARQUISE

Ah ! voyons donc où cela ira.

LISETTE

Pardi il faut bien se servir de sa raison dans la vie, et ne pas quereller les gens qui sont attachés à nous.

LA MARQUISE

Il est vrai que votre zèle est fort bien entendu ; pour m'empêcher d'être triste, il me met en colère.

LISETTE

Et bien[1] cela distrait toujours un peu : il vaut mieux quereller que soupirer.

LA MARQUISE

Eh ! laissez-moi, je dois soupirer toute ma vie.

LISETTE

Vous devez, dites-vous ? Oh, vous ne payerez jamais cette dette-là ; vous êtes trop jeune, elle ne saurait être sérieuse.

LA MARQUISE

Eh ! ce que je dis là n'est que trop vrai ; il n'y a plus de consolation pour moi, il n'y en a plus ; après deux ans de l'amour le plus tendre, épouser ce que l'on aime, ce qu'il y a de plus aimable au monde, l'épouser et le perdre un mois après !

LISETTE.

Un mois! c'est toujours autant de pris. Je connais une dame, qui n'a gardé son mari que deux jours; c'est cela qui est piquant.

LA MARQUISE.

J'ai tout perdu, vous dis-je.

LISETTE.

Tout perdu! vous me faites trembler : est-ce que tous les hommes sont morts?

LA MARQUISE.

Eh! que m'importe qu'il reste des hommes?

LISETTE.

Ah! Madame, que dites-vous là? que le Ciel les conserve, ne méprisons jamais nos ressources.

LA MARQUISE.

Mes ressources! à moi, qui ne veux plus m'occuper que de ma douleur, moi qui ne vis presque plus que par un effort de raison!

LISETTE.

Comment donc par un effort de raison? voilà une pensée qui n'est pas de ce monde; mais vous êtes bien fraîche pour une personne qui se fatigue tant.

LA MARQUISE.

Je vous prie, Lisette, point de plaisanterie, vous me divertissez quelquefois, mais je ne suis pas à présent en situation de vous écouter.

LISETTE

Ah çà, Madame, sérieusement, je vous trouve le meilleur visage du monde ; voyez ce que c'est : quand vous aimiez la vie, peut-être que vous n'étiez pas si belle ; la peine de vivre vous donne un air plus vif et plus mutin dans les yeux, et je vous conseille de batailler toujours contre la vie, cela vous réussit on ne peut pas mieux.

LA MARQUISE

Que vous êtes folle, je n'ai pas fermé l'œil de la nuit.

LISETTE

N'auriez-vous pas dormi en rêvant que vous ne dormiez point ? car vous avez le teint bien reposé, mais vous êtes un peu trop négligée, et je suis d'avis de vous arranger un peu la tête : Labrie[1], qu'on apporte ici la toilette[2] de Madame.

LA MARQUISE

Qu'est-ce que tu vas faire ? je n'en veux point.

LISETTE

Vous n'en voulez point, vous refusez le miroir, un miroir, Madame ; savez-vous bien que vous me faites peur ? Cela serait sérieux pour le coup, et nous allons voir cela. Il ne sera pas dit que vous serez charmante impunément, il faut que vous le voyiez, et que cela vous console, et qu'il vous plaise de vivre. *(On apporte la toilette. Elle prend un siège.)* Allons, Madame, mettez-vous là que je vous ajuste : tenez, le savant que vous avez pris chez vous, ne vous lira point de livre si consolant que ce que vous allez voir.

LA MARQUISE

Oh tu m'ennuies : qu'ai-je besoin d'être mieux que je ne suis ? Je ne veux voir personne.

LISETTE

De grâce, un petit coup d'œil sur la glace, un seul petit coup d'œil, quand vous ne le donneriez que de côté, tâtez-en seulement.

LA MARQUISE

Si tu voulais bien me laisser en repos.

LISETTE

Quoi votre amour-propre ne dit plus mot, et vous n'êtes pas à l'extrémité, cela n'est pas naturel, et vous trichez ; faut-il vous parler franchement, je vous disais que vous étiez plus belle qu'à l'ordinaire ; mais la vérité est que vous êtes très changée, et je voulais vous attendrir un peu pour un visage que vous abandonnez bien durement.

LA MARQUISE

Il est vrai que je suis dans un terrible état.

LISETTE

Il n'y a donc qu'à emporter la toilette ? Labrie, remettez cela où vous l'avez pris.

LA MARQUISE

Je ne me pique plus, ni d'agrément, ni de beauté.

LISETTE

Madame, la toilette s'en va, je vous en avertis.

LA MARQUISE

Mais, Lisette, je suis donc bien épouvantable?

LISETTE

Extrêmement changée.

LA MARQUISE

Voyons donc, car il faut bien que je me débarrasse de toi.

LISETTE

Ah! je respire, vous voilà sauvée: allons, courage, Madame.

On rapporte le miroir.

LA MARQUISE

Donne le miroir, tu as raison, je suis bien abattue.

LISETTE *lui donnant le miroir.*

Ne serait-ce pas un meurtre que de laisser dépérir ce teint-là, qui n'est que lis et que rose, quand on en a soin? Rangez-moi ces cheveux qui sont épars, et qui vous cachent les yeux: ah! les fripons, comme ils ont encore l'œillade assassine; ils m'auraient déjà brûlé[1], si j'étais de leur compétence; ils ne demandent qu'à faire du mal.

LA MARQUISE *rendant le miroir.*

Tu rêves; on ne peut pas les avoir plus battus.

LISETTE

Oui, battus, ce sont de bons hypocrites; que l'ennemi vienne, il verra beau jeu, mais voici, je pense, un domestique de monsieur le Chevalier. C'est ce valet de campagne si naïf, qui vous a tant diverti il y a quelques jours.

LA MARQUISE

Que me veut son maître ? je ne vois personne.

LISETTE

Il faut bien l'écouter.

SCÈNE II

LUBIN, LA MARQUISE, LISETTE

LUBIN

Madame, pardonnez l'embarras...

LISETTE

Abrège, abrège, il t'appartient bien d'embarrasser Madame !

LUBIN

Il vous appartient bien de m'interrompre, ma mie : est-ce qu'il ne m'est pas libre d'être honnête[1] ?

LA MARQUISE

Finis, de quoi s'agit-il ?

LUBIN

Il s'agit, Madame, que monsieur le Chevalier m'a dit... ce que votre femme de chambre m'a fait oublier.

LISETTE

Quel original !

LUBIN

Cela est vrai ; mais quand la colère me prend, ordinairement la mémoire me quitte.

LA MARQUISE

Retourne donc savoir ce que tu me veux.

LUBIN

Oh ! ce n'est pas la peine, Madame, et je m'en ressouviens à cette heure, c'est que nous arrivâmes hier tous deux à Paris, monsieur le Chevalier, et moi, et que nous en partons demain pour n'y revenir jamais ; ce qui fait que monsieur le Chevalier vous mande, que vous ayez à trouver bon qu'il ne vous voie point cette après-dîné [1], et qu'il ne vous assure point de ses respects, sinon ce matin, si cela ne vous déplaisait pas, pour vous dire adieu, à cause de l'incommodité de ses embarras.

LISETTE

Tout ce galimatias-là signifie que monsieur le Chevalier souhaiterait vous voir à présent.

LA MARQUISE

Sais-tu ce qu'il a à me dire ? Car je suis dans l'affliction.

LUBIN *d'un ton triste, et à la fin pleurant.*

Il a à vous dire que vous ayez la bonté de l'entretenir un quart d'heure ; pour ce qui est d'affliction ne vous embarrassez pas, Madame, il ne nuira pas à la vôtre, au contraire, car il est encore plus triste que vous, et moi aussi ; nous faisons compassion à tout le monde.

LISETTE

Mais en effet, je crois qu'il pleure.

LUBIN

Oh ! vous ne voyez rien, je pleure bien autrement quand je suis seul ; mais je me retiens par honnêteté.

LISETTE

Tais-toi.

LA MARQUISE

Dis à ton maître qu'il peut venir, et que je l'attends, et vous Lisette, quand monsieur Hortensius sera revenu, qu'il vienne sur-le-champ me montrer les livres qu'il a dû m'acheter. *(Elle soupire en s'en allant.)* Ah !

SCÈNE III

LISETTE, LUBIN

LISETTE

La voilà qui soupire, et c'est toi qui en es cause, butor que tu es ; nous avons bien affaire de tes pleurs.

LUBIN

Ceux qui n'en veulent pas n'ont qu'à les laisser ; ils ont fait plaisir à Madame, et monsieur le Chevalier l'accommodera bien autrement, car il soupire encore bien mieux que moi.

LISETTE

Qu'il s'en garde bien : dis-lui de cacher sa douleur, je ne t'arrête que pour cela ; ma maîtresse n'en a déjà que trop, et je veux tâcher de l'en guérir : entends-tu ?

LUBIN

Pardi, tu cries assez haut.

LISETTE

Tu es bien brusque. Eh de quoi pleurez-vous donc tous deux, peut-on le savoir ?

LUBIN

Ma foi, de rien : moi, je pleure parce que je le veux bien, car si je voulais je serais gaillard.

LISETTE

Le plaisant garçon !

LUBIN

Oui, mon maître soupire parce qu'il a perdu une maîtresse ; et comme je suis le meilleur cœur du monde, moi, je me suis mis à faire comme lui pour l'amuser[1] ; de sorte que je vais toujours pleurant sans être fâché, seulement par compliment[2].

LISETTE, *rit.*

Ah, ah, ah, ah !

LUBIN *en riant.*

Eh, eh, eh, tu en ris, j'en ris quelquefois de même, mais rarement, car cela me dérange, j'ai pourtant perdu aussi une maîtresse, moi, mais comme je ne la verrai plus, je l'aime toujours sans en être plus triste. *(Il rit.)* Eh, eh, eh.

LISETTE

Il me divertit, adieu, fais ta commission et ne manque pas d'avertir monsieur le Chevalier de ce que je t'ai dit.

LUBIN, *riant.*

Adieu, adieu.

LISETTE

Comment donc, tu me lorgnes, je pense?

LUBIN

Oui-da, je te lorgne.

LISETTE

Tu ne pourras plus te remettre à pleurer.

LUBIN

Gageons que si... veux-tu voir[1]?

LISETTE

Va-t'en; ton maître t'attendra.

LUBIN

Je ne l'en empêche pas.

LISETTE

Je n'ai que faire d'un homme qui part demain : retire-toi.

LUBIN

À propos tu as raison, et ce n'est pas la peine d'en dire davantage : adieu donc la fille.

LISETTE

Bonjour l'ami.

SCÈNE IV

LISETTE *seule.*

LISETTE

Ce bouffon-là est amusant ; mais voici monsieur Hortensius aussi chargé de livres qu'une bibliothèque ; que cet homme-là m'ennuie avec sa doctrine ignorante[1] ; quelle fantaisie a Madame, d'avoir pris ce personnage-là chez elle pour la conduire dans ses lectures, et amuser sa douleur ; que les femmes du monde ont de travers !

SCÈNE V

HORTENSIUS, LISETTE

LISETTE

Monsieur Hortensius, Madame m'a chargé de vous dire que vous alliez lui montrer les livres que vous avez achetés pour elle.

HORTENSIUS

Je serai ponctuel à obéir, mademoiselle Lisette, et madame la Marquise ne pouvait charger de ses ordres personne qui me les rendît plus dignes de ma prompte obéissance.

LISETTE

Ah ! le joli tour de phrase : comment, vous me saluez de la période la plus galante qui se puisse, et l'on sent bien qu'elle part d'un homme qui sait sa rhétorique.

HORTENSIUS

La rhétorique que je sais là-dessus, Mademoiselle, ce sont vos beaux yeux qui me l'ont apprise.

LISETTE

Mais ce que vous me dites là est merveilleux, je ne savais pas que mes beaux yeux enseignassent la rhétorique.

HORTENSIUS

Ils ont mis mon cœur en état de soutenir thèse, Mademoiselle, et pour essai de ma science, je vais, si vous l'avez pour agréable, vous donner un petit argument en forme.

LISETTE

Un argument à moi ! je ne sais ce que c'est, je ne veux point tâter de cela : adieu.

HORTENSIUS

Arrêtez, voyez mon petit syllogisme ; je vous assure qu'il est concluant.

LISETTE

Un syllogisme, eh ! que voulez-vous que je fasse de cela ?

HORTENSIUS

Écoutez, on doit son cœur à ceux qui vous donnent le leur ; je vous donne le mien : *ergo*, vous me devez le vôtre.

LISETTE

Est-ce là tout ? oh je sais la rhétorique aussi moi ! tenez, on ne doit son cœur qu'à ceux qui le prennent ; assurément vous ne prenez pas le mien : *ergo*, vous ne l'aurez pas : bonjour.

HORTENSIUS *l'arrêtant.*

La raison répond...

LISETTE

Oh ! pour la raison je ne m'en mêle point, les filles de mon âge n'ont point de commerce avec elle. Adieu, monsieur Hortensius, que le Ciel vous bénisse, vous, votre thèse, et votre syllogisme.

HORTENSIUS

J'avais pourtant fait de petits vers latins sur vos beautés.

LISETTE

Eh mais, monsieur Hortensius, mes beautés n'entendent que le français.

HORTENSIUS

On peut vous les traduire.

LISETTE

Achevez donc, car j'ai hâte.

HORTENSIUS

Je crois les avoir serrés dans un livre.

Pendant qu'il cherche, Lisette voit venir la Marquise, et dit.

LISETTE

Voilà Madame, laissons-le chercher son papier.

Elle sort.

HORTENSIUS *continue en feuilletant.*

Je vous y donne le nom d'Hélène, de la manière du monde la plus poétique, et j'ai pris la liberté de m'appeler le Pâris de l'aventure : les voilà, cela est galant.

SCÈNE VI

LA MARQUISE, HORTENSIUS

LA MARQUISE

Que voulez-vous dire, avec cette aventure, où vous vous appelez Pâris, à qui parliez-vous ? Voyons ce papier.

HORTENSIUS

Madame, c'est un trait de l'histoire des Grecs, dont mademoiselle Lisette me demandait l'explication.

LA MARQUISE

Elle est bien curieuse, et vous bien complaisant : où sont les livres que vous m'avez achetés, Monsieur ?

HORTENSIUS

Je les tiens, Madame, tous bien conditionnés[1], et d'un prix fort raisonnable ; souhaitez-vous les voir ?

LA MARQUISE

Montrez.

Un laquais vient.

LE LAQUAIS

Voici monsieur le Chevalier, Madame.

LA MARQUISE

Faites entrer. *(Et à Hortensius.)* Portez-les chez moi, nous les verrons tantôt.

SCÈNE VII

LA MARQUISE, LE CHEVALIER

LE CHEVALIER

Je vous demande pardon, Madame, d'une visite, sans doute importune, surtout dans la situation où je sais que vous êtes.

LA MARQUISE

Ah ! votre visite ne m'est point importune, je la reçois avec plaisir : puis-je vous rendre quelque service : de quoi s'agit-il ? Vous me paraissez bien triste ?

LE CHEVALIER

Vous voyez, Madame, un homme au désespoir, et qui va se confiner dans le fond de sa province, pour y finir une vie qui lui est à charge.

LA MARQUISE

Que me dites-vous là ! vous m'inquiétez, que vous est-il donc arrivé ?

LE CHEVALIER

Le plus grand de tous les malheurs, le plus sensible, le plus irréparable ; j'ai perdu Angélique, et je la perds pour jamais.

LA MARQUISE

Comment donc ! est-ce qu'elle est morte ?

LE CHEVALIER

C'est la même chose pour moi : vous savez où elle s'était retirée depuis huit mois pour se soustraire au mariage où son père voulait la contraindre ; nous espérions tous deux que sa retraite fléchirait le père, il a continué de la persécuter, et lasse apparemment de ses persécutions, accoutumée à notre absence, désespérant sans doute de me voir jamais à elle, elle a cédé, renoncé au monde, et s'est liée par des nœuds qu'elle ne peut plus rompre : il y a deux mois que la chose est faite ; je la vis la veille, je lui parlai, je me désespérai, et ma désolation, mes prières, mon amour, tout m'a été inutile ; j'ai été témoin de mon malheur ; j'ai depuis toujours demeuré dans le lieu, il a fallu m'en arracher, je n'en arrivai qu'avant-hier. Je me meurs, je voudrais mourir, et je ne sais pas comment je vis encore.

LA MARQUISE

En vérité, il semble dans le monde que les afflictions ne soient faites que pour les honnêtes gens.

LE CHEVALIER

Je devrais retenir ma douleur, Madame, vous n'êtes que trop affligée vous-même.

LA MARQUISE

Non, Chevalier, ne vous gênez[1] point ; votre douleur fait votre éloge, je la regarde comme une vertu, j'aime à voir un cœur estimable, car cela est si rare ; hélas ! il n'y a plus de mœurs, plus de sentiment dans le monde ; moi qui vous parle, on trouve étonnant que je pleure depuis six mois ; vous passerez aussi pour un homme extraordinaire, il n'y aura que moi qui vous plaindrai véritablement, et vous êtes le seul qui rendra justice à mes pleurs, vous me ressemblez : vous êtes né sensible, je le vois bien.

LE CHEVALIER

Il est vrai, Madame, que mes chagrins ne m'empêchent pas d'être touché des vôtres.

LA MARQUISE

J'en suis persuadée, mais venons au reste : que me voulez-vous ?

LE CHEVALIER

Je ne verrai plus Angélique, elle me l'a défendu, et je veux lui obéir.

LA MARQUISE

Voilà comment pense un honnête homme, par exemple.

LE CHEVALIER

Voici une lettre que je ne saurais lui faire tenir, et qu'elle ne recevrait point de ma part; vous allez incessamment à votre campagne qui est voisine du lieu où elle est; faites-moi, je vous supplie, le plaisir de la lui donner vous-même; la lire est la seule grâce que je lui demande, et si à mon tour, Madame, je pouvais jamais vous obliger...

LA MARQUISE *l'interrompant.*

Eh qui est-ce qui en doute? dès que vous êtes capable d'une vraie tendresse, vous êtes né généreux, cela s'en va sans dire[1]; je sais à présent votre caractère comme le mien; les bons cœurs se ressemblent, Chevalier : mais la lettre n'est point cachetée.

LE CHEVALIER

Je ne sais ce que je fais dans le trouble où je suis, puisqu'elle ne l'est point, lisez-la, Madame[2], vous en jugerez mieux combien je suis à plaindre; nous causerons plus longtemps ensemble, et je sens que votre conversation me soulage.

LA MARQUISE

Tenez, sans compliment, depuis six mois je n'ai eu de moment supportable que celui-ci; et la raison de cela, c'est qu'on aime à soupirer avec ceux qui vous entendent : lisons la lettre. *(Elle lit.) J'avais dessein de vous revoir encore, Angélique, mais j'ai songé que je vous désobligerais, et je m'en abstiens : après tout, qu'au-*

rais-je été chercher ? Je ne saurais le dire ; tout ce que je sais, c'est que je vous ai perdue, que je voudrais vous parler pour redoubler la douleur de ma perte, pour m'en pénétrer jusqu'à mourir. (La Marquise répétant les derniers mots, et s'interrompant.) Pour m'en pénétrer jusqu'à mourir. Mais cela est étonnant ; ce que vous dites là, Chevalier, je l'ai pensé mot pour mot dans mon affliction ; peut-on se rencontrer jusque-là ! en vérité, vous me donnez bien de l'estime pour vous ; achevons. *(Elle relit.) Mais c'est fait, et je ne vous écris que pour vous demander pardon de ce qui m'échappa contre vous à notre dernière entrevue ; vous me quittiez pour jamais, Angélique, j'étais au désespoir, et dans ce moment-là, je vous aimais trop pour vous rendre justice ; mes reproches vous coûtèrent des larmes, je ne voulais pas les voir, je voulais que vous fussiez coupable, et que vous crussiez l'être, et j'avoue que j'offenserais*[1] *la vertu même. Adieu. Angélique, ma tendresse ne finira qu'avec ma vie, et je renonce à tout engagement ; j'ai voulu que vous fussiez contente de mon cœur, afin que l'estime que vous aurez pour lui excuse la tendresse*[2] *dont vous m'honorâtes. (La Marquise après avoir lu, et rendant la lettre.)* Allez, Chevalier, avec cette façon de sentir là, vous n'êtes point à plaindre ; quelle lettre ! Autrefois le Marquis m'en écrivit une à peu près de même, je croyais qu'il n'y avait que lui au monde qui en fût capable ; vous étiez son ami, et je ne m'en étonne pas.

LE CHEVALIER

Vous savez combien son amitié m'était chère.

LA MARQUISE

Il ne la donnait qu'à ceux qui la méritaient.

LE CHEVALIER

Que cette amitié-là me serait d'un grand secours, s'il vivait encore !

LA MARQUISE *pleurant.*

Sur ce pied-là, nous l'avons donc perdu tous deux.

LE CHEVALIER

Je crois que je ne lui survivrai pas longtemps.

LA MARQUISE

Non, Chevalier, vivez pour me donner la satisfaction de voir son ami le regretter avec moi ; à la place de son amitié, je vous donne la mienne.

LE CHEVALIER

Je vous la demande de tout mon cœur, elle sera ma ressource, je prendrai la liberté de vous écrire, vous voudrez bien me répondre, et c'est une espérance consolante que j'emporte en partant.

LA MARQUISE

En vérité, Chevalier, je souhaiterais que vous restassiez ; il n'y a qu'avec vous que ma douleur se verrait libre.

LE CHEVALIER

Si je restais, je romprais avec tout le monde, et ne voudrais voir que vous.

LA MARQUISE

Mais effectivement, faites-vous bien de partir ? consultez-vous : il me semble qu'il vous sera plus doux d'être moins éloigné d'Angélique.

LE CHEVALIER

Il est vrai que je pourrais vous en parler quelquefois.

LA MARQUISE

Oui, je vous plaindrais du moins, et vous me plaindriez aussi, cela rend la douleur plus supportable.

LE CHEVALIER

En vérité je crois que vous avez raison.

LA MARQUISE

Nous sommes voisins.

LE CHEVALIER

Nous demeurons comme dans la même maison, puisque le même jardin nous est commun.

LA MARQUISE

Nous sommes affligés, nous pensons de même.

LE CHEVALIER

L'amitié nous sera d'un grand secours.

LA MARQUISE

Nous n'avons que cette ressource-là dans les afflictions, vous en conviendrez : aimez-vous la lecture ?

LE CHEVALIER

Beaucoup.

LA MARQUISE

Cela vient encore fort bien, j'ai pris depuis quinze jours un homme à qui j'ai donné le soin de ma bibliothèque, je n'ai pas la vanité de devenir savante, mais je suis bien aise de m'occuper ; il me lit tous les jours quelque chose, nos lectures sont sérieuses, raisonnables, il y met un ordre qui m'instruit en m'amusant : voulez-vous être de la partie ?

LE CHEVALIER

Voilà qui est fini, Madame, vous me déterminez[1] ; c'est un bonheur pour moi que de vous avoir vue, je me sens déjà plus tranquille : allons, je ne partirai point, j'ai des livres aussi en assez grande quantité, celui qui a soin des vôtres les mettra tout ensemble, et je vais appeler mon valet pour changer les ordres que je lui ai donnés : que je vous ai d'obligation, peut-être que vous me sauvez la raison, mon désespoir se calme, vous avez dans l'esprit une douceur qui m'était nécessaire, et qui me gagne ; vous avez renoncé à l'amour et moi aussi, et votre amitié me tiendra lieu de tout, si vous êtes sensible à la mienne.

LA MARQUISE

Sérieusement, je m'y crois presque obligée, pour vous dédommager de celle du Marquis : allez, Chevalier, faites vite vos affaires, je vais de mon côté donner quelque ordre aussi ; nous nous reverrons tantôt. *(Et à part.)* En vérité ce garçon-là a un fond de probité[2] qui me charme.

SCÈNE VIII

LE CHEVALIER, LUBIN

LE CHEVALIER *seul un moment.*

Voilà vraiment de ces esprits propres à consoler une personne affligée ; que cette femme-là a de mérite, je ne la connaissais pas encore ; quelle solidité d'esprit, quelle bonté de cœur ! C'est un caractère à peu près comme celui d'Angélique, et ce sont des trésors que ces caractères-là ; oui, je la préfère à tous les amis du monde. *(Il appelle Lubin.)* Lubin : il me semble que je le vois dans le jardin.

SCÈNE IX

LUBIN, LE CHEVALIER

LUBIN *répond derrière le théâtre.*

Monsieur… *(Et puis il arrive très triste.)* Que vous plaît-il, Monsieur ?

LE CHEVALIER

Qu'as-tu donc, avec cet air triste ?

LUBIN

Hélas ! Monsieur, quand je suis à rien faire, je m'attriste à cause de votre maîtresse, et un peu à cause de la mienne ; je suis fâché de ce que nous partons, si nous restions, je serais fâché de même.

LE CHEVALIER

Nous ne partons point, ainsi ne fais rien de ce que je t'avais ordonné pour notre départ.

LUBIN

Nous ne partons point !

LE CHEVALIER

Non, j'ai changé d'avis.

LUBIN

Mais, Monsieur, j'ai fait mon paquet.

LE CHEVALIER

Eh bien, tu n'as qu'à le défaire.

LUBIN

J'ai dit adieu à tout le monde, je ne pourrai donc plus voir personne ?

LE CHEVALIER

Eh, tais-toi ; rends-moi mes lettres.

LUBIN

Ce n'est pas la peine, je les porterai tantôt.

LE CHEVALIER

Cela n'est plus nécessaire, puisque je reste ici.

LUBIN

Je n'y comprends rien, c'est donc encore autant de perdu que ces lettres-là : mais, Monsieur, qui est-ce qui vous empêche de partir, est-ce madame la Marquise ?

LE CHEVALIER

Oui.

LUBIN

Et nous ne changeons point de maison ?

LE CHEVALIER

Et pourquoi en changer ?

LUBIN

Ah ! me voilà perdu.

LE CHEVALIER

Comment donc !

LUBIN

Vos maisons se communiquent; de l'une on entre dans l'autre, je n'ai plus ma maîtresse; madame la Marquise a une femme de chambre, toute agréable; de chez vous, j'irai chez elle, crac, me voilà infidèle tout de plain-pied, et cela m'afflige, pauvre Marthon ! faudra-t-il que je t'oublie ?

LE CHEVALIER

Tu serais un bien mauvais cœur.

LUBIN

Ah pour cela oui, cela sera bien vilain, mais cela ne manquera pas d'arriver : car j'y sens déjà du plaisir, et cela me met au désespoir; encore si vous aviez la bonté de montrer l'exemple[1], tenez, la voilà qui vient Lisette.

SCÈNE X

LISETTE, LE COMTE, LE CHEVALIER, LUBIN

LE COMTE

J'allais chez vous, Chevalier, et j'ai su de Lisette que vous étiez ici ; elle m'a dit votre affliction, et je vous assure que j'y prends beaucoup de part ; il faut tâcher de se dissiper[1].

LE CHEVALIER

Cela n'est pas aisé, monsieur le Comte.

LUBIN *faisant un sanglot.*

Eh !

LE CHEVALIER

Tais-toi.

LE COMTE

Que lui est-il donc arrivé, à ce pauvre garçon ?

LE CHEVALIER

Il a, dit-il, du chagrin de ce que je ne pars point comme je l'avais résolu.

LUBIN *riant.*

Et pourtant je suis bien aise de rester, à cause de Lisette.

LISETTE

Cela est galant : mais monsieur le Chevalier, venons à ce qui nous amène monsieur le Comte et moi.

J'étais sous le berceau[1] pendant votre conversation avec madame la Marquise, et j'en ai entendu une partie sans le vouloir ; votre voyage est rompu, ma maîtresse vous a conseillé de rester, vous êtes tous deux dans la tristesse, et la conformité de vos sentiments fera que vous vous verrez souvent. Je suis attachée à ma maîtresse, plus que je ne saurais vous le dire, et je suis désolée de voir qu'elle ne veut pas se consoler, qu'elle soupire et pleure toujours ; à la fin elle n'y résistera pas ; n'entretenez point sa douleur, tâchez même de la tirer de sa mélancolie ; voilà monsieur le Comte qui l'aime, vous le connaissez, il est de vos amis, madame la Marquise n'a point de répugnance à le voir, ce serait un mariage qui conviendrait, je tâche de le faire réussir ; aidez-nous de votre côté, monsieur le Chevalier, rendez ce service à votre ami, servez ma maîtresse elle-même.

LE CHEVALIER

Mais, Lisette, ne me dites-vous pas que madame la Marquise voit le Comte sans répugnance ?

LE COMTE

Mais, sans répugnance, cela veut dire qu'elle me souffre, voilà tout

LISETTE

Et qu'elle reçoit vos visites.

LE CHEVALIER

Fort bien ; mais s'aperçoit-elle que vous l'aimez ?

LE COMTE

Je crois que oui.

LISETTE

De temps en temps, de mon côté, je glisse de petits mots, afin qu'elle y prenne garde.

LE CHEVALIER

Mais vraiment ces petits mots-là doivent faire un grand effet, et vous êtes entre de bonnes mains, monsieur le Comte, et que vous dit la Marquise ? vous répond-elle d'une façon qui promette quelque chose ?

LE COMTE

Jusqu'ici, elle me traite avec beaucoup de douceur.

LE CHEVALIER

Avec douceur ! sérieusement ?

LE COMTE

Il me le paraît.

LE CHEVALIER *brusquement.*

Mais sur ce pied-là, vous n'avez donc pas besoin de moi ?

LE COMTE

C'est conclure d'une manière qui m'étonne.

LE CHEVALIER

Point de tout je dis fort bien ; on voit votre amour, on le souffre, on y fait accueil, apparemment qu'on s'y plaît, et je gâterais peut-être tout si je m'en mêlais, cela va tout seul.

LISETTE

Je vous avoue que voilà un raisonnement auquel je n'entends rien.

LE COMTE

J'en suis aussi surpris que vous.

LE CHEVALIER

Ma foi, monsieur le Comte, je faisais tout pour le mieux ; mais puisque vous le voulez, je parlerai, il en arrivera ce qu'il pourra, vous le voulez ; malgré mes bonnes raisons, je suis votre serviteur et votre ami.

LE COMTE

Non, Monsieur, je vous suis bien obligé, et vous aurez la bonté de ne rien dire ; j'irai mon chemin. Adieu Lisette, ne m'oubliez pas, puisque madame la Marquise a des affaires, je reviendrai une autre fois.

SCÈNE XI

LE CHEVALIER, LISETTE, LUBIN

LE CHEVALIER

Faites entendre raison aux gens, voilà ce qui en arrive ; assurément, cela est original, il me quitte aussi froidement que s'il quittait un rival.

LUBIN

Eh bien, tout coup vaille, il ne faut jurer de rien dans la vie, cela dépend des fantaisies ; fournissez-vous toujours ; et vive les provisions[1], n'est-ce pas Lisette ?

LISETTE

Oserais-je, monsieur le Chevalier, vous parler à cœur ouvert ?

LE CHEVALIER

Parlez.

LISETTE

Mademoiselle Angélique est perdue pour vous.

LE CHEVALIER

Je ne le sais que trop.

LISETTE

Madame la Marquise est riche, jeune et belle.

LUBIN

Cela est friand.

LE CHEVALIER

Après ?

LISETTE

Eh bien, monsieur le Chevalier, tantôt vous l'avez vue soupirer de ses afflictions, n'auriez-vous pas trouvé qu'elle a bonne grâce à soupirer, je crois que vous m'entendez ?

LUBIN

Courage, Monsieur.

LE CHEVALIER

Expliquez-vous ; qu'est-ce que cela signifie, que j'ai de l'inclination pour elle ?

LISETTE

Pourquoi non, je le voudrais de tout mon cœur, dans l'état où je vois ma maîtresse, que m'importe par qui elle en sorte, pourvu qu'elle épouse un honnête homme.

LUBIN

C'est ma foi bien dit, il faut être honnête homme pour l'épouser, il n'y a que les malhonnêtes gens qui ne l'épouseront point[1].

LE CHEVALIER *froidement.*

Finissons, je vous prie, Lisette.

LISETTE

Eh bien, Monsieur, sur ce pied-là, que n'allez-vous vous ensevelir dans quelque solitude où l'on ne vous voie point ? si vous saviez combien aujourd'hui votre physionomie est bonne à porter dans un désert, vous aurez[2] le plaisir de n'y trouver rien de si triste qu'elle ; tenez, Monsieur, l'ennui, la langueur, la désolation, le désespoir, avec un air sauvage brochant sur le tout, voilà le noir tableau que représente actuellement votre visage ; et je soutiens que la vue en peut rendre malade, et qu'il y a conscience[3] à la promener par le monde. Ce n'est pas là tout, quand vous parlez aux gens, c'est du ton d'un homme qui va rendre les derniers soupirs, ce sont des paroles qui traînent, qui vous engourdissent, qui ont un poison froid qui glace l'âme, et dont je sens que la mienne est gelée, je n'en peux plus ; et cela doit vous faire compassion. Je ne vous blâme pas ; vous avez perdu votre maîtresse ; vous vous êtes voué aux langueurs, vous avez fait vœu d'en mourir ; c'est fort bien fait; cela édifiera le monde : on parlera de vous dans l'Histoire, vous serez excellent à être cité, mais vous ne valez rien à être vu; ayez donc la bonté de nous édifier de plus loin.

LE CHEVALIER

Lisette, je pardonne au zèle que vous avez pour votre maîtresse; mais votre discours ne me plaît point.

LUBIN

Il est incivil[1].

LE CHEVALIER

Mon voyage est rompu; on ne change pas à tout moment de résolution, et je ne partirai point; à l'égard de monsieur le Comte, je parlerai en sa faveur à votre maîtresse; et s'il est vrai, comme je le préjuge, qu'elle ait du penchant pour lui, ne vous inquiétez de rien, mes visites ne seront pas fréquentes, et ma tristesse ne gâtera rien ici.

LISETTE

N'avez-vous que cela à me dire, Monsieur?

LE CHEVALIER

Que pourrais-je vous dire davantage?

LISETTE

Adieu, Monsieur, je suis votre servante.

SCÈNE XII

LUBIN, LE CHEVALIER

LE CHEVALIER, *quelque temps sérieux.*

Tout ce que j'entends là me rend la perte d'Angélique encore plus sensible.

LUBIN

Ma foi, Angélique me coupe la gorge.

LE CHEVALIER, *comme en se promenant.*

Je m'attendais à trouver quelque consolation dans la Marquise, sa généreuse résolution de ne plus aimer me la rendait respectable ; et la voilà qui va se remarier ; à la bonne heure : je la distinguais, et ce n'est qu'une femme comme une autre.

LUBIN

Mettez-vous à la place d'une veuve qui s'ennuie.

LE CHEVALIER

Ah ! chère Angélique, s'il y a quelque chose au monde qui puisse me consoler, c'est de sentir combien vous êtes au-dessus de votre sexe, c'est de voir combien vous méritez mon amour.

LUBIN

Ah ! Marthon, Marthon, je t'oubliais d'un grand courage, mais mon maître ne veut pas que j'achève, je m'en vais donc me remettre à te regretter comme auparavant, et que le Ciel m'assiste !...

LE CHEVALIER, *se promenant.*

Je me sens plus que jamais accablé de ma douleur.

LUBIN

Lisette m'avait un peu ragaillardi.

LE CHEVALIER

Je vais m'enfermer chez moi, je ne verrai que tantôt la Marquise, je n'ai plus que faire ici si elle se marie : suis-je en état de voir des fêtes ! En vérité, la Marquise y songe-t-elle, et qu'est devenue la mémoire de son mari ?

LUBIN

Ah ! Monsieur, qu'est-ce que vous voulez qu'elle fasse d'une mémoire ?

LE CHEVALIER

Quoi qu'il en soit, je lui ai dit que je ferais apporter mes livres, et l'honnêteté veut que je tienne parole : va me chercher celui qui a soin des siens : ne serait-ce pas lui qui entre ?

SCÈNE XIII

HORTENSIUS, LUBIN, LE CHEVALIER

HORTENSIUS

Je n'ai pas l'honneur d'être connu de vous, Monsieur, je m'appelle Hortensius ; madame la Marquise, dont j'ai l'avantage de diriger les lectures, et à qui j'enseigne tour à tour les belles-lettres, la morale et la philosophie, sans préjudice des autres sciences que je pourrais lui enseigner encore, m'a fait entendre, Monsieur, le désir que vous avez de me montrer vos livres, lesquels témoigneront, sans doute, l'excellence et sûreté de votre bon goût ; partant, Monsieur, que vous plaît-il qu'il en soit ?

LE CHEVALIER

Lubin va vous mener à ma bibliothèque, Monsieur, et vous pouvez en faire apporter les livres ici.

HORTENSIUS

Soit fait comme vous le commandez.

SCÈNE XIV

LUBIN, HORTENSIUS

HORTENSIUS

Eh bien, mon garçon, je vous attends.

LUBIN

Un petit moment d'audience, monsieur le docteur Hortus.

HORTENSIUS

Hortensius, Hortensius, ne défigurez point mon nom.

LUBIN

Qu'il reste comme il est, je n'ai pas envie de lui gâter la taille[1].

HORTENSIUS *à part.*

Je le crois, mais que voulez-vous ? Il faut gagner la bienveillance de tout le monde[1].

LUBIN

Vous apprenez la morale et la philosophie à la Marquise ?

HORTENSIUS

Oui.

LUBIN

À quoi cela sert-il, ces choses-là ?...

HORTENSIUS

À purger l'âme de toutes ses passions.

LUBIN

Tant mieux ; faites-moi prendre un doigt de cette médecine-là, contre ma mélancolie.

HORTENSIUS

Est-ce que vous avez du chagrin ?

LUBIN

Tant que j'en mourrais[2] sans le bon appétit qui me sauve.

HORTENSIUS

Vous avez là un puissant antidote : je vous dirai pourtant, mon ami, que le chagrin est toujours inutile, parce qu'il ne remédie à rien, et que la raison doit être notre règle dans tous les états.

LUBIN

Ne parlons point de raison, je la sais par cœur, celle-là ; purgez-moi plutôt avec de la morale.

HORTENSIUS

Je vous en dis, et de la meilleure.

LUBIN

Elle ne vaut donc rien pour mon tempérament ; servez-moi de la philosophie.

HORTENSIUS

Ce serait à peu près la même chose.

LUBIN

Voyons donc les belles-lettres.

HORTENSIUS

Elles ne vous conviendraient pas ; mais quel est votre chagrin ?

LUBIN

C'est l'amour.

HORTENSIUS

Oh ! la philosophie ne veut pas qu'on prenne d'amour.

LUBIN

Oui, mais quand il est pris, que veut-elle qu'on en fasse ?

HORTENSIUS

Qu'on y renonce, qu'on le laisse là.

LUBIN

Qu'on le laisse là ? et s'il ne s'y tient pas, car il court après vous.

HORTENSIUS

Il faut fuir de toutes ses forces.

LUBIN

Bon, quand on a de l'amour, est-ce qu'on a des jambes ? La philosophie en fournit donc ?

HORTENSIUS

Elle nous donne d'excellents conseils.

LUBIN

Des conseils : ah ! le triste équipage pour gagner pays !

HORTENSIUS

Écoutez, voulez-vous un remède infaillible ? vous pleurez une maîtresse ; faites-en une autre[1].

LUBIN

Eh morbleu que ne parlez-vous ? voilà qui est bon cela : gageons que c'est avec cette morale-là que vous traitez la Marquise, qui va se marier avec monsieur le Comte ?

HORTENSIUS, *étonné.*

Elle va se marier, dites-vous ?

LUBIN

Assurément, et si nous avions voulu d'elle, nous l'aurions eue par préférence, car Lisette nous l'a offert[2].

HORTENSIUS

Êtes-vous bien sûr de ce que vous me dites?

LUBIN

À telles enseignes que Lisette nous a ensuite proposé de nous retirer parce que nous sommes tristes, et que vous êtes un peu pédant, à ce qu'elle dit, et qu'il faut que la Marquise se tienne en joie.

HORTENSIUS, *à part.*

Bene, bene, je te rends grâce, ô Fortune! de m'avoir instruit de cela, je me trouve bien ici, ce mariage m'en chasserait, mais je vais soulever un orage qu'on ne pourra vaincre.

LUBIN

Que marmottez-vous là dans vos dents, docteur?

HORTENSIUS

Rien, allons toujours chercher les livres, car le temps presse.

ACTE II

SCÈNE PREMIÈRE

LUBIN, HORTENSIUS

LUBIN, *chargé d'une manne*[1] *de livres, et s'asseyant dessus.*

Ah! Je n'aurais jamais cru que la science fût si pesante.

HORTENSIUS

Belle bagatelle! J'ai bien plus de livres que tout cela dans ma tête.

LUBIN

Vous?

HORTENSIUS

Moi-même.

LUBIN

Vous êtes donc le libraire et la boutique tout à la fois? et qu'est-ce que vous faites de tout cela dans votre tête?

HORTENSIUS

J'en nourris mon esprit.

LUBIN

Il me semble que cette nourriture-là ne lui profite point ; je l'ai trouvé maigre.

HORTENSIUS

Vous ne vous y connaissez point ; mais reposez-vous un moment, vous viendrez me trouver après dans la bibliothèque, où je vais faire de la place à ces livres.

LUBIN

Allez, allez toujours devant.

SCÈNE II

LUBIN, LISETTE

LUBIN *un moment seul et assis.*

Ah ! pauvre Lubin ! j'ai bien du tourment dans le cœur ; je ne sais plus à présent si c'est Marthon que j'aime, ou si c'est Lisette : je crois pourtant que c'est Lisette, à moins que ce ne soit Marthon.

Lisette arrive avec quelques laquais qui portent des sièges.

LISETTE

Apportez, apportez-en encore un ou deux, et mettez-les là.

LUBIN *assis.*

Bonjour, m'amour.

LISETTE

Que fais-tu donc ici ?

LUBIN

Je me repose sur un paquet de livres que je viens d'apporter pour nourrir l'esprit de Madame, car le docteur le dit ainsi.

LISETTE

La sotte nourriture ! quand verrai-je finir toutes ces folies-là ? va, va, porte ton impertinent ballot.

LUBIN

C'est de la morale et de la philosophie ; ils disent que cela purge l'âme ; j'en ai pris une petite dose, mais cela ne m'a pas seulement fait éternuer.

LISETTE

Je ne sais ce que tu viens me conter ; laisse-moi en repos, va-t'en.

LUBIN

Eh, pardi ce n'est donc pas pour moi que tu faisais apporter des sièges ?

LISETTE

Le butor ! c'est pour Madame, qui va venir ici.

LUBIN

Voudrais-tu, en passant, prendre la peine de t'asseoir un moment, Mademoiselle ? je t'en prie, j'aurais quelque chose à te communiquer.

LISETTE

Eh bien, que me veux-tu, Monsieur ?

LUBIN

Je te dirai, Lisette, que je viens de regarder ce qui se passe dans mon cœur, et je te confie que j'ai vu la figure de Marthon qui en délogeait, et la tienne qui demandait à se nicher dedans ; je lui ai dit que je t'en parlerais, elle attend : veux-tu que je la laisse entrer ?

LISETTE

Non, Lubin, je te conseille de la renvoyer ; car, dis-moi, que ferais-tu ? à quoi cela aboutirait-il ? à quoi nous servirait de nous aimer ?

LUBIN

Ah ! on trouve toujours bien le débit de cela entre deux personnes.

LISETTE

Non, te dis-je, ton maître ne veut point s'attacher à ma maîtresse, et ma fortune dépend de demeurer avec elle, comme la tienne dépend de rester avec le Chevalier.

LUBIN

Cela est vrai, j'oubliais que j'avais une fortune qui est d'avis que je ne te regarde pas : cependant, si tu me trouvais à ton gré, c'est dommage que tu n'aies pas la satisfaction de m'aimer à ton aise ; c'est un hasard qui ne se trouve pas toujours. Serais-tu d'avis que j'en touchasse un petit mot à la Marquise ? elle a de l'amitié pour le Chevalier, le Chevalier en a pour elle ; ils pourraient fort bien se faire l'amitié de s'épouser par amour, et notre affaire irait tout de suite[1].

LISETTE

Tais-toi, voici Madame.

LUBIN

Laisse-moi faire.

SCÈNE III

LA MARQUISE, HORTENSIUS, LISETTE, LUBIN

LA MARQUISE

Lisette, allez dire là-bas qu'on ne laisse entrer personne ; je crois que voilà l'heure de notre lecture, il faudrait avertir le Chevalier. Ah, te voilà, Lubin, où est ton maître ?

LUBIN

Je crois, madame, qu'il est allé soupirer chez lui.

LA MARQUISE

Va lui dire que nous l'attendons.

LUBIN

Oui, Madame ; et j'aurai aussi pour moi une petite bagatelle à vous proposer, dont je prendrai la liberté de vous entretenir en toute humilité, comme cela se doit.

LA MARQUISE

Eh, de quoi s'agit-il ?

LUBIN

Oh ! presque de rien ; nous parlerons de cela tantôt, quand j'aurai fait votre commission.

LA MARQUISE

Je te rendrai service, si je le puis.

SCÈNE IV

HORTENSIUS, LA MARQUISE

LA MARQUISE *nonchalamment.*

Eh bien, Monsieur, vous n'aimez donc pas les livres du Chevalier ?

HORTENSIUS

Non, Madame, le choix ne m'en paraît pas docte ; dans dix tomes, pas la moindre citation de nos auteurs grecs ou latins, lesquels, quand on compose, doivent fournir tout le suc d'un ouvrage ; en un mot, ce ne sont que des livres modernes, remplis de phrases spirituelles ; ce n'est que de l'esprit, toujours de l'esprit, petitesse qui choque le sens commun[1].

LA MARQUISE, *nonchalante.*

Mais de l'esprit ! est-ce que les Anciens n'en avaient pas ?

HORTENSIUS

Ah ! Madame ; *distinguo,* ils en avaient d'une manière... oh ! d'une manière que je trouve admirable.

LA MARQUISE

Expliquez-moi cette manière.

HORTENSIUS

Je ne sais pas trop bien quelle image employer pour cet effet, car c'est par les images que les Anciens peignaient les choses. Voici comme parle un auteur, dont j'ai retenu les paroles : Représentez-vous, dit-il, une femme coquette : *primo,* son habit est un pretintailles[1] ; au lieu de grâces, je lui vois des mouches ; au lieu de visage, elle a des mines ; elle n'agit point, elle gesticule ; elle ne regarde point, elle lorgne ; elle ne marche pas, elle voltige ; elle ne plaît point, elle séduit ; elle n'occupe point, elle amuse[2] ; on la croit belle, et moi je la tiens ridicule : et c'est à cette impertinente femme, que ressemble l'esprit d'à présent, dit l'auteur.

LA MARQUISE

J'entends bien.

HORTENSIUS

L'esprit des Anciens, au contraire, continue-t-il, ah ! c'est une beauté si mâle, que pour démêler qu'elle est belle, il faut se douter qu'elle l'est ; simple dans ses façons, on ne dirait pas qu'elle ait vu le monde : mais ayez seulement le courage de vouloir l'aimer, et vous parviendrez à la trouver charmante.

LA MARQUISE

En voilà assez, je vous comprends ; nous sommes plus affectés, et les anciens plus grossiers.

HORTENSIUS

Que le Ciel m'en garde ! Madame, jamais Hortensius...

LA MARQUISE

Changeons de discours ; que nous lirez-vous aujourd'hui ?

HORTENSIUS

Je m'étais proposé de vous lire un peu du *Traité de la patience*[1], chapitre premier, « Du veuvage ».

LA MARQUISE

Oh ! prenez autre chose ; rien ne me donne moins de patience que les traités qui en parlent.

HORTENSIUS

Ce que vous dites est probable[2].

LA MARQUISE

J'aime assez l'*Éloge de l'amitié*, nous en lirons quelque chose.

HORTENSIUS

Je vous supplierai de m'en dispenser, Madame, ce n'est pas la peine pour le peu de temps que nous avons à rester ensemble, puisque vous vous mariez avec monsieur le Comte.

LA MARQUISE

Moi !

HORTENSIUS

Oui, Madame, au moyen duquel mariage, je deviens à présent un serviteur superflu, semblable à ces troupes qu'on entretient pendant la guerre, et que l'on casse à la paix ; je combattais vos passions, vous vous accommodez avec elles, et je me retire avant qu'on me réforme[1].

LA MARQUISE

Vous tenez là de jolis discours, avec vos passions, il est vrai que vous êtes assez propre à leur faire peur, mais je n'ai que faire de vous pour les combattre ; des passions avec qui je m'accommode ! en vérité, vous êtes burlesque. Et ce mariage de qui le tenez-vous donc ?

HORTENSIUS

De mademoiselle Lisette qui l'a dit à Lubin, lequel me l'a rapporté, avec cette apostille contre moi, qui est que ce mariage m'expulserait d'ici.

LA MARQUISE *étonnée.*

Mais qu'est-ce que cela signifie ? le Chevalier croira que je suis folle, et je veux savoir ce qu'il a répondu, ne me cachez rien, parlez.

HORTENSIUS

Madame, je ne sais rien, là-dessus, que de très vague.

LA MARQUISE

Du vague, voilà qui est bien instructif ; voyons donc ce vague.

HORTENSIUS

Je pense donc que Lisette ne disait à monsieur le Chevalier que vous épousiez monsieur le Comte...

LA MARQUISE

Abrégez les qualités.

HORTENSIUS

Qu'afin de savoir si ledit Chevalier ne voudrait pas vous rechercher lui-même, et se substituer au lieu et place dudit Comte ; et même il appert par le récit dudit Lubin, que ladite Lisette vous a offerte au sieur[1] Chevalier.

LA MARQUISE

Voilà par exemple de ces faits incroyables, c'est promener la main d'une femme, et dire aux gens : La voulez-vous ? ah ! ah ! je m'imagine voir le Chevalier reculer de dix pas à la proposition, n'est-il pas vrai ?

HORTENSIUS

Je cherche sa réponse littérale.

LA MARQUISE

Ne vous brouillez point, vous avez la mémoire fort nette ordinairement.

HORTENSIUS

L'histoire rapporte qu'il s'est d'abord écrié dans sa surprise, et qu'ensuite il a refusé la chose.

LA MARQUISE

Oh ! pour l'exclamation, il pouvait la retrancher, ce me semble, elle me paraît très imprudente et très impolie, j'en approuve l'esprit, s'il pensait autrement, je ne le verrais de ma vie ; mais se récrier devant des domestiques[1], m'exposer à leur raillerie, ah ! c'en est un peu trop, il n'y a point de situation qui dispense d'être honnête.

HORTENSIUS

La remarque critique[2] est judicieuse.

LA MARQUISE

Oh ! je vous assure que je mettrai ordre à cela ; comment donc ? cela m'attaque directement, cela va presque au mépris. Oh, monsieur le Chevalier, aimez votre Angélique tant que vous voudrez ; mais, que je n'en souffre pas, s'il vous plaît ! je ne veux point me marier ; mais je ne veux pas qu'on me refuse.

HORTENSIUS

Ce que vous dites est sans faute. *(À part.)* Ceci va bon train pour moi. *(À la Marquise.)* Mais Madame, que deviendrai-je ? puis-je rester ici ? n'ai-je rien à craindre ?

LA MARQUISE

Allez, Monsieur, je vous retiens pour cent ans, vous n'avez ici ni Comte, ni Chevalier à craindre ; c'est moi qui vous en assure, et qui vous protège : prenez votre livre, et lisons, je n'attends personne.

Hortensius tire un livre.

SCÈNE V

LUBIN *arrive.* HORTENSIUS, LA MARQUISE

LUBIN

Madame, monsieur le Chevalier finit un embarras avec un homme ; il va venir, et il dit qu'on l'attende.

LA MARQUISE

Va, va, quand il viendra nous le prendrons.

LUBIN

Si vous le permettiez à présent, Madame, j'aurais l'honneur de causer un moment avec vous.

LA MARQUISE

Eh bien, que veux-tu ? achève.

LUBIN

Oh, mais, je n'oserais, vous me paraissez en colère.

LA MARQUISE *à Hortensius.*

Moi de la colère ? ai-je cet air-là, Monsieur ?

HORTENSIUS

La paix règne sur votre visage.

LUBIN

C'est donc que cette paix y règne d'un air fâché ?

LA MARQUISE

Finis, finis.

LUBIN

C'est que vous saurez, Madame, que Lisette trouve ma personne assez agréable ; la sienne me revient assez, et ce serait un marché fait, si, par une bonté qui nous rendrait la vie, Madame qui est à marier, voulait bien prendre un peu d'amour pour mon maître qui a du mérite, et qui dans cette occasion, se comporterait à l'avenant.

LA MARQUISE, *à Hortensius.*

Aha ! écoutons, voilà qui se rapporte assez à ce que vous m'avez dit.

LUBIN

On parle aussi de monsieur le Comte, et les comtes sont d'honnêtes gens ; je les considère beaucoup, mais, si j'étais femme, je ne voudrais que des chevaliers pour mon mari ; vive un cadet dans le ménage !

LA MARQUISE

Sa vivacité me divertit : tu as raison, Lubin ; mais malheureusement, dit-on, ton maître ne se soucie point de moi.

LUBIN

Cela est vrai, il ne vous aime pas, et je lui en ai fait la réprimande avec Lisette : mais si vous commenciez, cela le mettrait en train[1].

LA MARQUISE, *à Hortensius.*

Eh bien, Monsieur, qu'en dites-vous ? sentez-vous là-dedans le personnage que je joue, la sottise du Chevalier me donne-t-elle un ridicule assez complet ?

HORTENSIUS

Vous l'avez prévu avec sagacité.

LUBIN

Oh ! je ne dispute pas qu'il n'ait fait une sottise, assurément ; mais, dans l'occurrence, un honnête homme se reprend.

LA MARQUISE

Tais-toi, en voilà assez.

LUBIN

Hélas, Madame, je serais bien fâché de vous déplaire ; je vous demande seulement d'y faire réflexion.

SCÈNE VI

LISETTE *arrive. Les acteurs précédents.*

LISETTE

Je viens de donner vos ordres, Madame, on dira là-bas que vous n'y êtes pas, et un moment après...

LA MARQUISE

Cela suffit, il s'agit d'autre chose ; à présent, approche ; *(et à Lubin)* et toi, reste ici, je te prie.

LISETTE

Qu'est-ce que c'est donc, que cette cérémonie ?

LUBIN *à Lisette, bas.*

Tu vas entendre parler de ma besogne.

LA MARQUISE

Mon mariage avec le Comte, quand le terminerez-vous, Lisette ?

LISETTE *regardant Lubin.*

Tu es un étourdi.

LUBIN

Écoute, écoute.

LA MARQUISE

Répondez-moi donc, quand le terminerez-vous ?

Hortensius rit.

LISETTE *le contrefaisant.*

Eh, eh, eh. Pourquoi me demandez-vous cela. Madame ?

LA MARQUISE

C'est que j'apprends que vous me marierez avec monsieur le Comte, au défaut du Chevalier, à qui vous m'avez proposée, et qui ne veut point de moi, malgré tout ce que vous avez pu lui dire avec son valet, qui vient m'exhorter à avoir de l'amour pour son maître, dans l'espérance que cela le touchera.

LISETTE

J'admire le tour que prennent les choses les plus louables, quand un benêt les rapporte !

LUBIN

Je crois qu'on parle de moi ?

LA MARQUISE

Vous admirez le tour que prennent les choses ?

LISETTE

Ah ça, Madame, n'allez-vous pas vous fâcher ? n'allez-vous pas croire que j'ai tort ?

LA MARQUISE

Quoi, vous portez la hardiesse jusque-là, Lisette ! Quoi, prier le Chevalier de me faire la grâce de m'aimer, et tout cela pour pouvoir épouser cet imbécile-là !

LUBIN

Attrape, attrape toujours.

LA MARQUISE

Qu'est-ce que c'est donc que l'amour du Comte ? vous êtes donc la confidente des passions qu'on a pour moi, et que je ne connais point ? qu'est-ce qui pourrait se l'imaginer ! Je suis dans les pleurs, et l'on promet mon cœur et ma main à tout le monde, même à ceux qui n'en veulent point ; je suis rejetée, j'essuie des affronts, j'ai des amants qui espèrent, et je ne sais rien de tout cela ? qu'une femme est à plaindre dans la situation où je suis ! quelle perte j'ai fait ! et comment me traite-t-on[1] !

LUBIN, *à part.*

Voilà notre ménage renversé.

LA MARQUISE, *à Lisette.*

Allez, je vous croyais plus de zèle, et plus de respect pour votre maîtresse.

LISETTE

Fort bien, Madame ; vous parlez de zèle, et je suis payée du mien : voilà ce que c'est que de s'attacher à ses maîtres, la reconnaissance n'est point faite pour eux ; si vous réussissez à les servir, ils en profitent ; et quand vous ne réussissez pas, ils vous traitent comme des misérables.

LUBIN

Comme des imbéciles.

HORTENSIUS *à Lisette.*

Il est vrai qu'il vaudrait mieux que cela ne fût point advenu.

LA MARQUISE

Eh ! Monsieur, mon veuvage est éternel ; en vérité, il n'y a point de femme au monde plus éloignée du mariage que moi, et j'ai perdu le seul homme qui pouvait me plaire ; mais malgré tout cela, il y a de certaines aventures désagréables pour une femme. Le Chevalier m'a refusée, par exemple : mon amour-propre ne lui en veut aucun mal ; il n'y a là-dedans, comme je vous l'ai déjà dit, que le ton, que la manière que je condamne : car quand il m'aimerait, cela lui serait inutile ; mais enfin il m'a refusée, cela est constant, il peut se vanter de cela, il le fera peut-être, qu'en arrive-t-il ? Cela jette un air de rebut sur une femme, les égards et l'attention qu'on a pour elle en diminuent, cela glace tous les esprits pour elle ; je ne parle point des cœurs ! car je n'en ai que faire : mais on a besoin de considération dans la vie, elle dépend de l'opinion qu'on prend de vous ; c'est l'opinion qui nous donne tout, qui nous ôte tout, au point, qu'après tout ce qui m'arrive, si je voulais me remarier, je le suppose, à peine m'estimerait-on quelque chose, il ne serait plus flatteur de m'aimer ; le Comte, s'il savait ce qui s'est passé, oui le Comte, je suis persuadée qu'il ne voudrait plus de moi.

LUBIN *derrière.*

Je ne serais pas si dégoûté.

LISETTE

Et moi, Madame, je dis que le Chevalier est un hypocrite, car si son refus est si sérieux, pourquoi n'a-t-il pas voulu servir monsieur le Comte comme je l'en priais ? Pourquoi m'a-t-il refusée[1] durement, d'un air inquiet et piqué ?

LA MARQUISE

Qu'est-ce que c'est que d'un air piqué ? Quoi ? Que voulez-vous dire ? Est-ce qu'il était jaloux ? en voici d'une autre espèce.

LISETTE

Oui, Madame, je l'ai cru jaloux : voilà ce que c'est, il en avait toute la mine. Monsieur s'informe comment le Comte est auprès de vous, comment vous le recevez ; on lui dit que vous souffrez ses visites, que vous ne le recevez point mal : point mal ! dit-il avec dépit, ce n'est donc pas la peine que je m'en mêle ? Qui est-ce qui n'aurait pas cru là-dessus qu'il songeait à vous pour lui-même ? voilà ce qui m'avait fait parler, moi : eh ! que sait-on ce qui se passe dans sa tête ? Peut-être qu'il vous aime !

LUBIN *derrière.*

Il en est bien capable.

LA MARQUISE

Me voilà déroutée, je ne sais plus comment régler ma conduite; car il y en a une à tenir là-dedans : j'ignore laquelle, et cela m'inquiète.

HORTENSIUS

Si vous me le permettez, Madame, je vous apprendrai un petit axiome qui vous sera sur la chose, d'une merveilleuse instruction, c'est que le jaloux veut avoir ce qu'il aime : or étant manifeste que le Chevalier vous refuse…

LA MARQUISE

Il me refuse ! vous avez des expressions bien grossières, votre axiome ne sait ce qu'il dit, il n'est pas encore sûr qu'il me refuse.

LISETTE

Il s'en faut bien; demandez au Comte ce qu'il en pense.

LA MARQUISE

Comment, est-ce que le Comte était présent?

LISETTE

Il n'y était plus; je dis seulement qu'il croit que le Chevalier est son rival.

LA MARQUISE

Ce n'est pas assez qu'il le croie, ce n'est pas assez, il faut que cela soit; il n'y a que cela qui puisse me venger de l'affront presque public que m'a fait sa réponse ; il n'y a que cela, j'ai besoin pour réparations que son discours n'ait été qu'un dépit amoureux ; dépendre d'un dépit amoureux ! cela n'est-il pas comique ? assurément. Ce n'est pas que je me soucie de ce qu'on appelle la gloire d'une femme, gloire sotte, ridicule, mais reçue, mais établie qu'il faut soutenir et qui nous pare ; les hommes pensent comme cela, il faut penser comme les hommes, ou ne pas vivre avec eux ; où en suis-je donc, si le Chevalier n'est point jaloux ? l'est-il ? ne l'est-il point ? on n'en sait rien, c'est un peut-être : mais cette gloire en souffre toute sotte qu'elle est, et me voilà dans la triste nécessité d'être aimée d'un homme qui me déplaît ; le moyen de tenir à cela ? oh ! je n'en demeurerai pas là, je n'en demeurerai pas là. Qu'en dites-vous, Monsieur ? Il faut que la chose s'éclaircisse absolument.

HORTENSIUS

Le mépris serait suffisant, Madame.

LA MARQUISE

Eh ! non, Monsieur, vous me conseillez mal ; vous ne savez parler que de livres.

LUBIN

Il y aura du bâton pour moi dans cette affaire-là.

LISETTE *pleurant.*

Pour moi, Madame, je ne sais pas où vous prenez toutes vos alarmes, on dirait que j'ai renversé le monde entier. On n'a jamais aimé une maîtresse autant que je vous aime : je m'avise de tout, et puis il se trouve que j'ai fait tous les maux imaginables. Je ne saurais durer comme cela ; j'aime mieux me retirer, du moins je ne verrai point votre tristesse, et l'envie de vous en tirer ne me fera point faire d'impertinence.

LA MARQUISE

Il ne s'agit pas de vos larmes ; je suis compromise, et vous ne savez pas jusqu'où cela va ; voilà le Chevalier qui vient, restez, j'ai intérêt d'avoir des témoins.

SCÈNE VII

LE CHEVALIER, *les acteurs précédents.*

LE CHEVALIER

Vous m'avez peut-être attendu, Madame, et je vous prie de m'excuser, j'étais en affaire.

LA MARQUISE

Il n'y a pas grand mal, monsieur le Chevalier, c'est une lecture retardée, voilà tout.

LE CHEVALIER

J'ai cru d'ailleurs que monsieur le Comte vous tenait compagnie, et cela me tranquillisait.

LUBIN *derrière.*

Ahi ahi, je m'enfuis.

LA MARQUISE *examinant le Chevalier.*

On m'a dit que vous l'aviez vu, le Comte.

LE CHEVALIER

Oui, Madame.

LA MARQUISE *le regardant toujours.*

C'est un fort honnête homme.

LE CHEVALIER

Sans doute, et je le crois même d'un esprit très propre à consoler ceux qui ont du chagrin.

LA MARQUISE

Il est fort de mes amis.

LE CHEVALIER

Il est des miens aussi.

LA MARQUISE

Je ne savais pas que vous le connaissiez beaucoup ; il vient ici quelquefois, et c'est presque le seul des amis de feu monsieur le Marquis que je voie encore ; il m'a paru mériter cette distinction-là, qu'en dites-vous ?

LE CHEVALIER

Oui, Madame, vous avez raison, et je pense comme vous ; il est digne d'être excepté.

LA MARQUISE *à Lisette, bas.*

Trouvez-vous cet homme-là jaloux, Lisette ?

LE CHEVALIER *à part les premiers mots.*

Monsieur le Comte et son mérite m'ennuie[1]. *(À la Marquise.)* Madame, on a parlé d'une lecture, et si je croyais vous déranger je me retirerais.

LA MARQUISE

Puisque la conversation vous ennuie, nous allons lire.

LE CHEVALIER

Vous me faites un étrange compliment.

LA MARQUISE

Point du tout, et vous allez être content. *(À Lisette.)* Retirez-vous, Lisette, vous me déplaisez là. *(À Hortensius.)* Et vous, Monsieur, ne vous écartez point, on va vous rappeler. *(Au Chevalier.)* Pour vous, Chevalier, j'ai encore un mot à vous dire avant notre lecture ; il s'agit d'un petit éclaircissement qui ne vous regarde point, qui ne touche que moi, et je vous demande en grâce de me répondre avec la dernière naïveté sur la question que je vais vous faire.

LE CHEVALIER

Voyons, Madame, je vous écoute.

LA MARQUISE

Le Comte m'aime, je viens de le savoir, et je l'ignorais.

LE CHEVALIER *ironiquement.*

Vous l'ignorez !

LA MARQUISE

Je dis la vérité, ne m'interrompez point.

LE CHEVALIER

Cette vérité-là est singulière.

LA MARQUISE

Je n'y saurais que faire, elle ne laisse pas que d'être ; il est permis aux gens de mauvaise humeur de la trouver comme ils voudront.

LE CHEVALIER

Je vous demande pardon d'avoir dit ce que j'en pense : continuons.

LA MARQUISE *impatiente*[1].

Vous m'impatientez ! aviez-vous cet esprit-là avec Angélique ? Elle aurait dû ne vous aimer guère.

LE CHEVALIER

Je n'en avais point d'autre, mais il était de son goût, et il a le malheur de n'être pas du vôtre ; cela fait une grande différence.

LA MARQUISE

Vous l'écoutiez donc quand elle vous parlait ; écoutez-moi aussi. Lisette vous a prié de me parler pour le Comte, vous ne l'avez point voulu.

LE CHEVALIER

Je n'avais garde ; le Comte est un amant, vous m'aviez dit que vous ne les aimiez point : mais vous êtes la maîtresse.

LA MARQUISE

Non, je ne la suis point ; peut-on, à vote avis, répondre à l'amour d'un homme qui ne vous plaît pas ? Vous êtes bien particulier[2] !

LE CHEVALIER *riant.*

Hé, hé, hé, j'admire la peine que vous prenez pour me cacher vos sentiments; vous craignez que je ne les critique, après ce que vous m'avez dit; mais non, Madame, ne vous gênez point; je sais combien il vaut de compter avec le cœur humain, et je ne vois rien là que de fort ordinaire.

LA MARQUISE *en colère.*

Non, je n'ai de ma vie eu tant d'envie de quereller quelqu'un, adieu.

LE CHEVALIER *la retenant*[1].

Ah ! Marquise, tout ceci n'est que conversation, et je serais au désespoir de vous chagriner; achevez de grâce.

LA MARQUISE

Je reviens. Vous êtes l'homme du monde le plus estimable, quand vous voulez; et je ne sais par quelle fatalité vous sortez aujourd'hui d'un caractère naturellement doux et raisonnable; laissez-moi finir... je ne sais plus où j'en suis[2].

LE CHEVALIER

Au Comte, qui vous déplaît.

LA MARQUISE

Eh bien, ce Comte qui me déplaît, vous n'avez pas voulu me parler pour lui; Lisette s'est même imaginé[3] vous voir un air piqué.

LE CHEVALIER

Il en pouvait être quelque chose.

LA MARQUISE

Passe pour cela, c'est répondre, et je vous reconnais : sur cet air piqué, elle a pensé que je ne vous déplaisais plus.

LE CHEVALIER *salue en riant.*

Cela n'est pas difficile à penser.

LA MARQUISE

Pourquoi ? On ne plaît pas à tout le monde ; or comme elle a cru que vous me conveniez, elle vous a proposé ma main, comme si cela dépendait d'elle, et il est vrai que souvent je lui laisse assez de pouvoir sur moi ; vous vous êtes, dit-elle, révolté avec dédain contre la proposition [1].

LE CHEVALIER

Avec dédain ? voilà ce qu'on appelle du fabuleux, de l'impossible.

LA MARQUISE

Doucement, voici ma question : avez-vous rejeté l'offre de Lisette, comme piqué de l'amour du Comte, ou comme une chose qu'on rebute ? était-ce dépit jaloux ? Car enfin, malgré nos conventions, votre cœur aurait pu être tenté du mien : ou bien était-ce vrai dédain ?

LE CHEVALIER

Commençons par rayer ce dernier, il est incroyable ; pour de la jalousie…

LA MARQUISE

Parlez hardiment.

LE CHEVALIER *d'un air embarrassé.*

Que diriez-vous, si je m'avisais d'en avoir ?

LA MARQUISE

Je dirais... que vous seriez jaloux.

LE CHEVALIER

Oui, mais Madame me pardonneriez-vous ce que vous haïssez tant ?

LA MARQUISE

Vous ne l'étiez donc point ? *(Elle le regarde.)* Je vous entends je l'avais bien prévu, et mon injure est avérée.

LE CHEVALIER

Que parlez-vous d'injure ? où est-elle ? est-ce que vous êtes fâchée contre moi ?

LA MARQUISE

Contre vous, Chevalier, non, certes, et pourquoi me fâcherais-je ? vous ne m'entendez point, c'est à l'impertinente Lisette à qui j'en veux : je n'ai point de part à l'offre qu'elle vous a faite, et il a fallu vous l'apprendre, voilà tout ; d'ailleurs ayez de l'indifférence ou de la haine pour moi, que m'importe ? j'aime bien mieux cela que de l'amour, au moins, ne vous y trompez pas.

LE CHEVALIER

Qui moi, Madame, m'y tromper ! Eh ! Ce sont ces dispositions-là dans lesquelles je vous ai vue, qui m'ont attaché à vous ; vous le savez bien, et depuis que j'ai perdu Angélique, j'oublierais presque qu'on peut aimer, si vous ne m'en parliez pas.

LA MARQUISE

Oh! pour moi j'en parle sans m'en ressouvenir. Allons, monsieur Hortensius, approchez, prenez votre place, lisez-moi quelque chose de gai, qui m'amuse.

SCÈNE VIII

HORTENSIUS, *et les acteurs précédents.*

LA MARQUISE

Chevalier, vous êtes le maître de rester, si ma lecture vous convient, mais vous êtes bien triste et je veux tâcher de me dissiper.

LE CHEVALIER *sérieux.*

Pour moi, Madame, je n'en suis point encore aux lectures amusantes.

Il s'en va.

LA MARQUISE *à Hortensius, quand il est parti.*

Qu'est-ce que c'est que votre livre?

HORTENSIUS

Ce ne sont que des réflexions très sérieuses.

LA MARQUISE

Eh bien, que ne parlez-vous donc, vous êtes bien taciturne, pourquoi laisser sortir le Chevalier, puisque ce que vous allez lire lui convient?

HORTENSIUS *appelle le Chevalier.*

Monsieur le Chevalier ! Monsieur le Chevalier !

LE CHEVALIER *reparaît.*

Que me voulez-vous ?

HORTENSIUS

Madame vous prie de revenir, je ne lirai rien de récréatif.

LA MARQUISE

Que voulez-vous dire : Madame vous prie ? je ne prie point ; vous avez des réflexions... et vous rappelez Monsieur, voilà tout.

LE CHEVALIER

Je m'aperçois, Madame, que je faisais une impolitesse de me retirer, et je vais rester si vous le voulez bien ?

LA MARQUISE

Comme il vous plaira ; assoyons-nous donc.

Ils prennent des sièges.

HORTENSIUS *après avoir toussé, craché, lit*[1].

« La raison est d'un prix à qui tout cède ; c'est elle qui fait notre véritable grandeur ; on a nécessairement toutes les vertus avec elle, enfin le plus respectable de tous les hommes, ce n'est pas le plus puissant, c'est le plus raisonnable. »

LE CHEVALIER *s'agitant sur son siège.*

Ma foi sur ce pied-là, le plus respectable de tous

les hommes a tout l'air de n'être qu'une chimère quand je dis les hommes, j'entends tout le monde.

LA MARQUISE

Mais du moins y a-t-il des gens qui sont plus raisonnables les uns que les autres.

LE CHEVALIER

Hum ! disons qui ont moins de folie, cela sera plus sûr.

LA MARQUISE

Eh ! de grâce, laissez-moi un peu de raison, Chevalier, je ne saurais convenir que je suis folle, par exemple…

LE CHEVALIER

Vous, Madame, eh ! n'êtes-vous pas exceptée ? cela s'en va sans dire, et c'est la règle.

LA MARQUISE

Je ne suis point tentée de vous remercier ; poursuivons.

HORTENSIUS *lit.*

« Puisque la raison est un si grand bien, n'oublions rien pour la conserver, fuyons les passions qui nous la dérobent ; l'amour est une de celles… »

LE CHEVALIER

L'amour, l'amour ôte la raison ? cela n'est plus vrai ; je n'ai jamais été plus raisonnable que depuis que j'en ai pour Angélique, et j'en ai excessivement[1].

LA MARQUISE

Vous en aurez tant qu'il vous plaira, ce sont vos affaires, et on ne vous en demande pas le compte ; mais l'auteur n'a point tant de tort, je connais des gens, moi, que l'amour rend bourrus et sauvages, et ces défauts-là n'embellissent personne, je pense.

HORTENSIUS

Si Monsieur me donnait la licence de parachever, peut-être que…

LE CHEVALIER

Petit auteur que cela, esprit superficiel..

HORTENSIUS *se levant.*

Petit auteur, esprit superficiel ! un homme qui cite Sénèque pour garant de ce qu'il dit, ainsi que vous le verrez plus bas, folio 24. Chapitre V.

LE CHEVALIER

Fût-ce chapitre mille. Sénèque ne sait ce qu'il dit.

HORTENSIUS

Cela est impossible.

LA MARQUISE *riant.*

En vérité cela me divertit plus que ma lecture : mais, monsieur Hortensius[1], en voilà assez, votre livre ne plaît point au Chevalier, n'en lisons plus, une autre fois nous serons plus heureux.

LE CHEVALIER

C'est votre goût, Madame, qui doit décider.

LA MARQUISE

Mon goût veut bien avoir cette complaisance-là pour le vôtre.

HORTENSIUS *s'en allant.*

Sénèque un petit auteur! Par Jupiter! si je le disais, je croirais faire un blasphème littéraire, adieu, Monsieur.

LE CHEVALIER

Serviteur, serviteur.

SCÈNE IX

LE CHEVALIER, LA MARQUISE

LA MARQUISE

Vous voilà brouillé avec Hortensius, Chevalier; de quoi vous avisez-vous aussi, de médire de Sénèque?

LE CHEVALIER

Sénèque et son défenseur ne m'inquiètent pas, pourvu que vous ne preniez pas leur parti, Madame.

LA MARQUISE

Ah! je demeurerai neutre, si la querelle continue, car je m'imagine que vous ne voudrez pas la recommencer; nos occupations vous ennuient, n'est-il pas vrai?

LE CHEVALIER

Il faut être plus tranquille que je ne suis, pour réussir à s'amuser.

LA MARQUISE

Ne vous gênez point, Chevalier, vivons sans façon ; vous voulez peut-être être seul, adieu, je vous laisse.

LE CHEVALIER

Il n'y a plus de situation qui ne me soit à charge.

LA MARQUISE

Je voudrais de tout mon cœur pouvoir vous calmer l'esprit.

Elle part lentement.

LE CHEVALIER *pendant qu'elle marche.*

Ah ! je m'attendais à plus de repos quand j'ai rompu mon voyage ; je ne ferai plus de projets, je vois bien que je rebute tout le monde.

LA MARQUISE *s'arrêtant au milieu du théâtre.*

Ce que je lui entends dire là me touche, il ne serait pas généreux de le quitter dans cet état-là. *(Elle revient.)*[1] Non Chevalier, vous ne me rebutez point ; ne cédez point à votre douleur : tantôt vous partagiez mes chagrins, vous étiez sensible à la part que je prenais aux vôtres, pourquoi n'êtes-vous pas de même ? C'est cela qui me rebuterait, par exemple, car la véritable amitié veut qu'on fasse quelque chose pour elle, elle veut consoler.

LE CHEVALIER

Aussi aurait-elle bien du pouvoir sur moi : si je la trouvais, personne au monde n'y serait plus sensible ; j'ai le cœur fait pour elle, mais où est-elle ? Je m'imaginais l'avoir trouvée, me voilà détrompé, et ce n'est pas sans qu'il en coûte à mon cœur !

LA MARQUISE

Peut-on[1] de reproche plus injuste que celui que vous me faites? de quoi vous plaignez-vous? voyons; d'une chose que vous avez rendue nécessaire : une étourdie vient vous proposer ma main, vous y avez de la répugnance, à la bonne heure, ce n'est point là ce qui me choque; un homme qui a aimé Angélique peut trouver les autres femmes bien inférieures, elle a dû vous rendre les yeux très difficiles, et d'ailleurs tout ce qu'on appelle vanité là-dessus, je n'en suis plus.

LE CHEVALIER

Ah! Madame, je regrette Angélique, mais vous m'en auriez consolé, si vous aviez voulu.

LA MARQUISE

Je n'en ai point de preuve car cette répugnance dont je ne me plains point, fallait-il la marquer ouvertement? Représentez-vous cette action-là de sang-froid; vous êtes galant homme, jugez-vous, où est l'amitié, dont vous parlez? car encore une fois, ce n'est pas de l'amour que je veux, vous le savez bien, mais l'amitié n'a-t-elle pas ses sentiments, ses délicatesses? l'amour est bien tendre, Chevalier, eh bien, croyez qu'elle ménage avec encore plus de scrupule que lui, les intérêts de ceux qu'elle unit ensemble; voilà le portrait que je m'en suis toujours fait, voilà comme je la sens, et comme vous auriez dû la sentir : il me semble que l'on n'en peut rien rabattre et vous n'en connaissez pas les devoirs comme moi : qu'il vienne quelqu'un me proposer votre main, par exemple, et je vous apprendrai comme on répond là-dessus.

LE CHEVALIER

Oh ! je suis sûr que vous y seriez plus embarrassée que moi, car enfin vous n'accepteriez point la proposition.

LA MARQUISE

Nous n'y sommes pas, ce quelqu'un n'est pas venu, et ce n'est que pour vous dire combien je vous ménagerais : cependant vous vous plaignez.

LE CHEVALIER

Eh morbleu, Madame, vous m'avez parlé de répugnance[1], et je ne saurais vous souffrir cette idée-là, tenez je trancherai tout d'un coup là-dessus ; si je n'aimais pas Angélique, qu'il faut bien que j'oublie, vous n'auriez qu'une chose à craindre avec moi, qui est que mon amitié ne devînt amour, et raisonnablement il n'y aurait que cela à craindre non plus ; c'est là toute la répugnance que je me connais.

LA MARQUISE

Ah ! pour cela, ç'en serait trop, il ne faut pas, Chevalier, il ne faut pas.

LE CHEVALIER

Mais ce serait vous rendre justice ; d'ailleurs, d'où peut venir le refus dont vous m'accusez ? car enfin était-il naturel ? C'est que le Comte vous aimait, c'est que vous le souffriez ; j'étais outré de voir cet amour venir traverser un attachement, qui devait faire toute ma consolation ; mon amitié n'est point compatible avec cela, ce n'est point une amitié faite comme les autres

LA MARQUISE

Eh bien, voilà qui change tout, je ne me plains plus, je suis contente ; ce que vous me dites là, je l'éprouve, je le sens, c'est là précisément l'amitié que je demande, la voilà, c'est la véritable, elle est délicate, elle est jalouse, elle a droit de l'être ; mais que ne me parliez-vous ? Que n'êtes-vous venu me dire : Qu'est-ce que c'est que le Comte ? que fait-il chez vous ? je vous aurais tiré d'inquiétude, et tout cela ne serait point arrivé.

LE CHEVALIER

Vous ne me verrez point faire d'inclination à moi, je n'y songe point avec vous.

LA MARQUISE

Vraiment je vous le défends bien, ce ne sont pas là nos conditions, je serais jalouse aussi, moi, jalouse comme nous l'entendons.

LE CHEVALIER

Vous, Madame ?

LA MARQUISE

Est-ce que je ne l'étais pas de cette façon-là tantôt ; votre réponse à Lisette n'avait-elle pas dû me choquer ?

LE CHEVALIER

Vous m'avez pourtant dit de cruelles choses.

LA MARQUISE

Eh ! à qui en dit-on, si ce n'est aux gens qu'on aime, et qui semblent n'y pas répondre ?

LE CHEVALIER

Dois-je vous en croire ? que vous me tranquillisez, ma chère Marquise !

LA MARQUISE

Écoutez, je n'avais pas moins besoin de cette explication-là que vous.

LE CHEVALIER

Que vous me charmez ! que vous me donnez de joie !

Il lui baise la main.

LA MARQUISE *riant.*

On le prendrait pour mon amant, de la manière dont il me remercie.

LE CHEVALIER

Ma foi, je défie un amant de vous aimer plus que je fais, je n'aurais jamais cru que l'amitié allât si loin, cela est surprenant, l'amour est moins vif.

LA MARQUISE

Et cependant il n'y a rien de trop.

LE CHEVALIER

Non il n'y a rien de trop, mais il me reste une grâce à vous demander. Gardez-vous Hortensius ? Je crois qu'il est fâché de me voir ici, et je sais lire aussi bien que lui

LA MARQUISE

Eh bien, Chevalier, il faut le renvoyer ; voilà toute la façon qu'il faut y faire.

LE CHEVALIER

Et le Comte qu'en ferons-nous ? il m'inquiète un peu.

LA MARQUISE

On le congédiera aussi ; je veux que vous soyez content, je veux vous mettre en repos ; donnez-moi la main, je serais bien aise de me promener dans le jardin.

LE CHEVALIER

Allons, Marquise.

ACTE III

SCÈNE PREMIÈRE

HORTENSIUS *seul.*

HORTENSIUS

N'est-ce pas une chose étrange, qu'un homme comme moi n'ait point de fortune ? Posséder le grec et le latin, et ne pas posséder dix pistoles ! Ô divin Homère ! ô Virgile ! et vous gentil Anacréon ! vos doctes interprètes ont de la peine à vivre ; bientôt je n'aurai plus d'asile ; j'ai vu la Marquise irritée contre le Chevalier ; mais incontinent je l'ai vue dans le jardin discourir avec lui de la manière la plus bénévole. Quels solécismes de conduite[1] ! Est-ce que l'amour m'expulserait d'ici ?

SCÈNE II

HORTENSIUS, LISETTE, LUBIN

LUBIN *gaillardement.*

Tiens, Lisette, le voilà bien à propos pour lui faire nos adieux. Ah, ah, ah ! *(en riant).*

HORTENSIUS

À qui en veut cet étourdi-là avec son transport de joie ?

LUBIN

Allons, gai, camarade docteur, comment va la Philosophie ?

HORTENSIUS

Pourquoi me faites-vous cette question-là ?

LUBIN

Ma foi, je n'en sais rien, si ce n'est pour entrer en conversation.

LISETTE

Allons, allons, venons au fait.

LUBIN

Encore un petit mot, docteur, n'avez-vous jamais couché dans la rue ?

HORTENSIUS

Que signifie ce discours ?

LUBIN

C'est que cette nuit vous en aurez le plaisir : le vent de bise vous en dira deux mots.

LISETTE

N'amusons point davantage monsieur Hortensius : tenez, Monsieur, voilà de l'or que Madame m'a chargé de vous donner, moyennant quoi, comme elle prend congé de vous, vous pouvez prendre congé d'elle. À mon égard, je salue votre érudition, et je suis votre très humble servante.

Elle lui fait la révérence.

LUBIN

Et moi votre serviteur[1].

HORTENSIUS

Quoi, Madame me renvoie ?

LISETTE

Non pas, Monsieur, elle vous prie seulement de vous retirer.

LUBIN

Et vous qui êtes honnête, vous ne refuserez rien aux prières de Madame.

HORTENSIUS

Savez-vous la raison de cela, mademoiselle Lisette ?

LISETTE

Non : mais en gros je soupçonne que cela pourrait venir de ce que vous l'ennuyez.

LUBIN

Et en détail, de ce que nous sommes bien aises de nous aimer en paix, en dépit de la philosophie que vous avez dans la tête.

LISETTE

Tais-toi.

HORTENSIUS

J'entends, c'est que madame la Marquise et monsieur le Chevalier ont de l'inclination l'un pour l'autre.

LISETTE

Je n'en sais rien, ce ne sont pas mes affaires.

LUBIN

Eh bien tout coup vaille, quand ce serait de l'inclination, quand ce serait des passions, des soupirs, des flammes, et de la noce après ; il n'y a rien de si gaillard ; on a un cœur, on s'en sert, cela est naturel.

LISETTE *à Lubin.*

Finis tes sottises. *(À Hortensius.)* Vous voilà averti, Monsieur, je crois que cela suffit.

LUBIN

Adieu, touchez là, et partez ferme ; il n'y aura pas de mal à doubler le pas.

HORTENSIUS

Dites à Madame que je me conformerai à ses ordres.

SCÈNE III

LISETTE, LUBIN

LISETTE

Enfin, le voilà congédié, c'est pourtant un amant que je perds.

LUBIN

Un amant ! Quoi, ce vieux radoteur t'aimait ?

LISETTE

Sans doute ; il voulait me faire des arguments.

LUBIN

Hum !

LISETTE

Des arguments, te dis-je, mais je les ai fort bien repoussés avec d'autres.

LUBIN

Des arguments ! voudrais-tu bien m'en pousser un pour voir ce que c'est ?

LISETTE

Il n'y a rien de si aisé. Tiens, en voilà un ; tu es un joli garçon, par exemple.

LUBIN

Cela est vrai.

LISETTE

J'aime tout ce qui est joli, ainsi je t'aime : c'est là ce que l'on appelle un argument.

LUBIN

Pardi tu n'as que faire du docteur pour cela, je t'en ferai aussi bien qu'un autre. Gageons un petit baiser que je t'en donne une douzaine.

LISETTE

Je gagerai quand nous serons mariés, parce que je serai bien aise de perdre.

LUBIN

Bon ! quand nous serons mariés, j'aurai toujours gagné sans faire de gageure.

LISETTE

Paix, j'entends quelqu'un qui vient, je crois que c'est monsieur le Comte ; Madame m'a chargé[1] d'un compliment pour lui, qui ne le réjouira pas.

SCÈNE IV

LE COMTE, LISETTE, LUBIN

LE COMTE *d'un air ému.*

Bonjour, Lisette ; je viens de rencontrer Hortensius, qui m'a dit des choses bien singulières. La Marquise le renvoie, à ce qu'il dit, parce qu'elle aime le Chevalier, et qu'elle l'épouse. Cela est-il vrai ? Je vous prie de m'instruire.

LISETTE

Mais, monsieur le Comte, je ne crois pas que cela soit, et je n'y vois pas encore d'apparence : Hortensius lui déplaît, elle le congédie ; voilà tout ce que j'en puis dire.

LE COMTE *à Lubin.*

Et toi n'en sais-tu pas davantage ?

LUBIN

Non, monsieur le Comte, je ne sais que mon amour pour Lisette : voilà toutes mes nouvelles.

LISETTE

Madame la Marquise est si peu disposée à se marier, qu'elle ne veut pas même voir d'amants ; elle m'a dit de vous prier de ne pas vous obstiner à l'aimer.

LE COMTE

Non plus qu'à la voir, sans doute ?

LISETTE

Mais je crois que cela revient au même.

LUBIN

Oui, qui dit l'un, dit l'autre.

LE COMTE

Que les femmes sont inconcevables ! le Chevalier est ici, apparemment ?

LISETTE

Je crois qu'oui.

LUBIN

Leurs sentiments d'amitié ne permettent pas qu'ils se séparent.

LE COMTE

Ah ! avertissez, je vous prie, le Chevalier que je voudrais lui dire un mot.

LISETTE

J'y vais de ce pas, monsieur le Comte.

Lubin sort avec Lisette en saluant le Comte.

SCÈNE V

LE COMTE *seul.*

LE COMTE

Qu'est-ce que cela signifie ? Est-ce de l'amour qu'ils ont l'un pour l'autre ? le Chevalier va venir, interrogeons son cœur pour en tirer la vérité. Je vais me servir d'un stratagème qui, tout commun qu'il est, ne laisse pas souvent que de réussir.

SCÈNE VI

LE CHEVALIER, LE COMTE

LE CHEVALIER

On m'a dit que vous me demandiez ; puis-je vous rendre quelque service, Monsieur ?

LE COMTE

Oui, Chevalier, vous pouvez véritablement m'obliger.

LE CHEVALIER

Pardi, si je le puis, cela vaut fait[1].

LE COMTE

Vous m'avez dit que vous n'aimiez pas la Marquise.

LE CHEVALIER

Que dites-vous là ? je l'aime de tout mon cœur.

LE COMTE

J'entends que vous n'aviez point d'amour pour elle.

LE CHEVALIER

Ah ! c'est une autre affaire, et je me suis expliqué là-dessus.

LE COMTE

Je le sais, mais êtes-vous dans les mêmes sentiments ? ne s'agit-il point à présent d'amour absolument ?

LE CHEVALIER *riant.*

Eh ! mais, en vérité, par où jugez-vous qu'il y en ait ? Qu'est-ce que c'est que cette idée-là ?

LE COMTE

Moi, je n'en juge point ; je vous le demande.

LE CHEVALIER

Hum ! vous avez pourtant la mine d'un homme qui le croit.

LE COMTE

Eh bien, débarrassez-vous de cela, dites-moi oui ou non.

LE CHEVALIER *riant.*

Eh, eh, monsieur le Comte, un homme d'esprit comme vous, ne doit point faire de chicane sur les mots ; le oui et le non, qui ne se sont point présentés à moi, ne valent pas mieux que le langage que je vous tiens ; c'est la même chose, assurément ; il y a entre la Marquise et moi une amitié et des sentiments vraiment respectables : êtes-vous content ? cela est-il net ? voilà du français.

LE COMTE *à part.*

Pas trop… on ne saurait mieux dire, et j'ai tort, mais il faut pardonner aux amants, ils se méfient de tout.

LE CHEVALIER

Je sais ce qu'ils sont par mon expérience. Revenons à vous et à vos amours, je m'intéresse beaucoup à ce qui vous regarde ; mais n'allez pas encore empoisonner[1] ce que je vais vous dire ; ouvrez-moi votre cœur. Est-ce que vous voulez continuer d'aimer la Marquise ?

LE COMTE

Toujours.

LE CHEVALIER

Entre nous, il est étonnant que vous ne vous lassiez point de son indifférence. Parbleu, il faut quelques sentiments dans une femme ; vous hait-elle ? on combat sa haine ; ne lui déplaisez-vous pas ? on espère ; mais une femme qui ne répond rien, comment se conduire avec elle ? par où prendre son cœur ? un cœur qui ne se remue ni pour, ni contre ; qui n'est ni ami, ni ennemi, qui n'est rien, qui est mort, le ressuscite-t-on ? je n'en crois rien : et c'est pourtant ce que vous voulez faire.

LE COMTE *finement*[1].

Non, non, Chevalier, je vous parle confidemment, à mon tour. Je n'en suis pas tout à fait réduit à une entreprise si chimérique, et le cœur de la Marquise n'est pas si mort que vous le pensez, m'entendez-vous ? vous êtes distrait.

LE CHEVALIER

Vous vous trompez, je n'ai jamais eu plus d'attention.

LE COMTE

Elle savait mon amour, je lui en parlais, elle écoutait.

LE CHEVALIER

Elle écoutait ?

LE COMTE

Oui, je lui demandais du retour.

LE CHEVALIER

C'est l'usage ; et à cela quelle réponse ?

LE COMTE

On me disait de l'attendre.

LE CHEVALIER

C'est qu'il était tout venu.

LE COMTE *à part.*

Il l'aime… Cependant aujourd'hui elle ne veut pas me voir, j'attribue cela à ce que j'avais été quelques jours sans paraître, avant que vous arrivassiez ; la Marquise est la femme de France la plus fière.

LE CHEVALIER

Ah ! je la trouve passablement humiliée d'avoir cette fierté-là.

LE COMTE

Je vous ai prié tantôt de me raccommoder avec elle, et je vous en prie encore.

LE CHEVALIER

Eh ! vous vous moquez, cette femme-là vous adore.

LE COMTE

Je ne dis pas cela.

LE CHEVALIER

Et moi qui ne m'en soucie guère, je le dis pour vous.

LE COMTE

Ce qui m'en plaît, c'est que vous le dites sans jalousie.

LE CHEVALIER

Oh! parbleu! si cela vous plaît, vous êtes servi à souhait, car je vous dirai que j'en suis charmé, que je vous en félicite, et que je vous embrasserais volontiers.

LE COMTE

Embrassez donc, mon cher.

LE CHEVALIER

Ah! ce n'est pas la peine, il me suffit de m'en réjouir; sincèrement; et je vais vous en donner des preuves qui ne seront point équivoques.

LE COMTE

Je voudrais bien vous en donner de ma reconnaissance, moi, et si vous étiez d'humeur à accepter celle que j'imagine, ce serait alors que je serais bien sûr de vous. À l'égard de la Marquise...

LE CHEVALIER

Comte, finissons : vous autres amants vous n'avez que votre amour et ses intérêts dans la tête, et toutes ces folies-là n'amusent point les autres: parlons d'autre chose, de quoi s'agit-il?

LE COMTE

Dites-moi, mon cher, auriez-vous renoncé au mariage?

LE CHEVALIER

Oh parbleu ! c'en est trop : faut-il que j'y renonce pour vous mettre en repos ? non Monsieur, je vous demande grâce pour ma postérité, s'il vous plaît. Je n'irai point sur vos brisées, mais qu'on me trouve un parti convenable, et demain je me marie ; et qui plus est, c'est que cette Marquise qui ne vous sort pas de l'esprit, tenez je m'engage à la prier de la fête.

LE COMTE

Ma foi, Chevalier, vous me ravissez, je sens bien que j'ai affaire au plus franc de tous les hommes ; vos dispositions me charment. Mon cher ami, continuons, vous connaissez ma sœur ; que pensez-vous d'elle ?

LE CHEVALIER

Ce que j'en pense ?... votre question me fait ressouvenir qu'il y a longtemps que je ne l'ai vue, et qu'il faut que vous me présentiez à elle.

LE COMTE

Vous m'avez dit cent fois qu'elle était digne d'être aimée du plus honnête homme ; on l'estime, vous connaissez son bien, vous lui plairez j'en suis sûr ; et si vous ne voulez qu'un parti convenable, en voilà un.

LE CHEVALIER

En voilà un... vous avez raison... oui... votre idée est admirable ; elle est amie de la Marquise, n'est-ce pas ?

LE COMTE

Je crois qu'oui.

LE CHEVALIER

Allons, cela est bon, et je veux que ce soit moi qui lui annonce la chose ; je crois que c'est elle qui entre, retirez-vous pour quelques moments dans ce cabinet ; vous allez voir ce qu'un rival de mon espèce est capable de faire, et vous paraîtrez quand je vous appellerai : partez, point de remerciement, un jaloux n'en mérite point[1].

SCÈNE VII

LE CHEVALIER *seul.*

LE CHEVALIER

Parbleu, Madame, je suis donc cet ami qui devait vous tenir lieu de tout ; vous m'avez joué, femme que vous êtes ; mais vous allez voir combien je m'en soucie.

SCÈNE VIII

LA MARQUISE, LE CHEVALIER

LA MARQUISE

Le Comte, dit-on, était avec vous, Chevalier ? Vous avez été bien longtemps ensemble, de quoi donc était-il question ?

LE CHEVALIER *sérieusement.*

De pures visions de sa part, Marquise, mais des visions qui m'ont chagriné, parce qu'elles vous intéressent, et dont la première a d'abord été de me demander si je vous aimais.

LA MARQUISE

Mais je crois que cela n'est pas douteux.

LE CHEVALIER

Sans difficulté : mais prenez garde, il parlait d'amour, et non pas d'amitié.

LA MARQUISE

Ah ! il parlait d'amour ? il est bien curieux : à votre place, je n'aurais pas seulement voulu les distinguer, qu'il devine.

LE CHEVALIER

Non pas, Marquise, il n'y avait pas moyen de jouer là-dessus, car il vous enveloppait dans ses soupçons, et vous faisait pour moi le cœur plus tendre que je ne mérite ; vous voyez bien que cela était sérieux, il fallait une réponse décisive, aussi l'ai-je faite, et l'ai bien assuré qu'il se trompait, et qu'absolument il ne s'agissait point d'amour entre nous deux, absolument.

LA MARQUISE

Mais croyez-vous l'avoir persuadé, et croyez-vous lui avoir dit cela d'un ton bien vrai, du ton d'un homme qui le sent ?

LE CHEVALIER

Oh ! ne craignez rien : je l'ai dit de l'air dont on dit la vérité ; comment donc, je serais très fâché à cause de vous que le commerce de notre amitié rendît vos sentiments équivoques, mon attachement pour vous est trop délicat, pour profiter de l'honneur que cela me ferait ; mais j'y ai mis bon ordre, et cela par une chose tout à fait imprévue, vous connaissez sa sœur, elle est riche, très aimable, et de vos amies même.

LA MARQUISE

Assez médiocrement.

LE CHEVALIER

Dans la joie qu'il a eu[1] de perdre ses soupçons, le Comte me l'a proposée, et comme il y a des instants et des réflexions qui nous déterminent tout d'un coup, ma foi j'ai pris mon parti ; nous sommes d'accord et je dois l'épouser. Ce n'est pas là tout, c'est que je me suis encore chargé de vous parler en faveur du Comte ; et je vous en parle du mieux qu'il m'est possible ; vous n'aurez pas le cœur inexorable, et je ne crois pas la proposition fâcheuse.

LA MARQUISE *froidement.*

Non, Monsieur, je vous avoue que le Comte ne m'a jamais déplu.

LE CHEVALIER

Ne vous a jamais déplu ! c'est fort bien fait. Mais pourquoi donc m'avez-vous dit le contraire ?

LA MARQUISE

C'est que je voulais me le cacher à moi-même, et il l'ignore aussi.

LE CHEVALIER

Point du tout, Madame, car il vous écoute.

LA MARQUISE

Lui ?

SCÈNE IX

LA MARQUISE, LE CHEVALIER, LE COMTE

LE COMTE

J'ai suivi les conseils du Chevalier, Madame ; permettez que mes transports vous marquent la joie où je suis.

Il se jette aux genoux de la Marquise.

LA MARQUISE

Levez-vous, Comte, vous pouvez espérer.

LE COMTE

Que je suis heureux ! et toi[1], Chevalier, que ne te dois-je pas ? mais Madame, achevez de me rendre le plus content de tous les hommes. Chevalier, joignez vos prières aux miennes.

LE CHEVALIER *d'un air agité.*

Vous n'en avez pas besoin, Monsieur, j'avais promis de parler pour vous ; j'ai tenu parole, je vous laisse ensemble, je me retire. *(À part.)* Je me meurs.

LE COMTE

J'irai te retrouver chez toi.

SCÈNE X

LA MARQUISE, LE COMTE

LE COMTE

Madame ; il y a longtemps que mon cœur est à vous ; consentez à mon bonheur, que cette aventure-ci vous détermine : souvent il n'en faut pas davantage. J'ai ce soir affaire chez mon notaire, je pourrais vous l'amener ici, nous y souperions avec ma sœur qui doit venir vous voir : le Chevalier s'y trouverait ; vous verriez ce qu'il vous plairait de faire ; des articles sont bientôt passés ; et ils n'engagent qu'autant qu'on veut : ne me refusez pas, je vous en conjure.

LA MARQUISE

Je ne saurais vous répondre, je me sens un peu indisposée ; laissez-moi me reposer, je vous prie.

LE COMTE

Je vais toujours prendre les mesures qui pourront vous engager à m'assurer vos bontés.

SCÈNE XI

LA MARQUISE *seule.*

LA MARQUISE

Ah ! je ne sais où j'en suis[1] ; respirons, d'où vient que je soupire ? les larmes me coulent des yeux ; je me sens saisie de la tristesse la plus profonde, et je ne sais pourquoi. Qu'ai-je affaire de l'amitié du Chevalier ? l'ingrat qu'il est, il se marie : l'infidélité d'un amant ne me toucherait point, celle d'un ami me désespère ; le Comte m'aime, j'ai dit qu'il ne me déplaisait pas, mais où ai-je donc été chercher tout cela ?

SCÈNE XII

LA MARQUISE, LISETTE

LISETTE

Madame, je vous avertis qu'on vient de renvoyer madame la Comtesse[2], mais elle a dit qu'elle repasserait sur le soir ; voulez-vous y être ?

LA MARQUISE

Non, jamais, Lisette ; je ne saurais.

LISETTE

Êtes-vous indisposée, Madame ? vous avez l'air bien abattue[3], qu'avez-vous donc ?

LA MARQUISE.

Hélas ! Lisette, on me persécute, on veut que je me marie.

LISETTE.

Vous marier ! à qui donc ?

LA MARQUISE.

Au plus haïssable de tous les hommes, à un homme que le hasard a destiné pour me faire du mal, et pour m'arracher malgré moi des discours que j'ai tenus, sans savoir ce que je disais.

LISETTE.

Mais il n'est venu que le Comte.

LA MARQUISE.

Eh ! c'est lui-même.

LISETTE.

Et vous l'épousez ?

LA MARQUISE.

Je n'en sais rien[1] ; je te dis qu'il le prétend.

LISETTE.

Il le prétend ? mais qu'est-ce que c'est donc que cette aventure-là ? elle ne ressemble à rien.

LA MARQUISE.

Je ne saurais te la mieux dire ; c'est le Chevalier, c'est ce misanthrope-là qui est la cause de cela : il m'a fâché[2] ; le Comte en a profité, je ne sais comment ; ils veulent souper ce soir ici ; ils ont parlé de notaire, d'articles ; je les laissais dire ; le Chevalier est sorti, il se marie aussi ; le Comte lui donne sa sœur ; car il ne lui manquait qu'une sœur pour achever de me déplaire, à cet homme-là…

LISETTE

Quand le Chevalier l'épouserait, que vous importe ?

LA MARQUISE

Veux-tu que je sois la belle-sœur d'un homme qui m'est devenu insupportable ?

LISETTE

Hé ! mort de ma vie, ne la soyez pas, renvoyez le Comte.

LA MARQUISE

Hé ! sur quel prétexte ? car enfin quoiqu'il me fâche, je n'ai pourtant rien à lui reprocher.

LISETTE

Oh ! je m'y perds, Madame ; je n'y comprends plus rien.

LA MARQUISE

Ni moi non plus : je ne sais plus où j'en suis[1], je ne saurais me démêler, je me meurs ! qu'est-ce que c'est donc que cet état-là ?

LISETTE

Mais, c'est, je crois, ce maudit Chevalier qui est cause de tout cela ; et pour moi je crois que cet homme-là vous aime.

LA MARQUISE

Eh ! non Lisette, on voit bien que tu te trompes.

LISETTE

Voulez-vous m'en croire, Madame, ne le revoyez plus.

LA MARQUISE

Eh ! laisse-moi, Lisette, tu me persécutes aussi ! ne me laissera-t-on jamais en repos ? en vérité la situation où je me trouve est bien triste !

LISETTE

Votre situation ; je la regarde comme une énigme [1].

SCÈNE XIII

LA MARQUISE, LISETTE, LUBIN

LUBIN

Madame, monsieur le Chevalier, qui est dans un état à faire compassion...

LA MARQUISE

Que veut-il dire ? demande-lui ce qu'il a, Lisette.

LUBIN

Hélas ! je crois que son bon sens s'en va : tantôt il marche, tantôt il s'arrête ; il regarde le ciel, comme s'il ne l'avait jamais vu : il dit un mot, il en bredouille un autre, et il m'envoie savoir si vous voulez bien qu'il vous voie.

LA MARQUISE

Ne me conseilles-tu pas de le voir ? oui, n'est-ce pas ?

LISETTE

Oui, Madame, du ton dont vous me le demandez, je vous le conseille.

LUBIN

Il avait d'abord fait un billet pour vous qu'il m'a donné.

LA MARQUISE

Voyons donc.

LUBIN

Tout à l'heure[1], Madame ; quand j'ai eu ce billet, il a couru après moi : Rends-moi le papier, je l'ai rendu ; tiens, va le porter, je l'ai donc repris ; rapporte le papier, je l'ai rapporté ; ensuite il a laissé tomber le billet en se promenant, et je l'ai ramassé sans qu'il l'ait vu, afin de vous l'apporter comme à sa bonne amie, pour voir ce qu'il a, et s'il y a quelque remède à sa peine.

LA MARQUISE

Montre donc.

LUBIN

Le voici : et tenez, voilà l'écrivain[2] qui arrive.

SCÈNE XIV

LA MARQUISE, LE CHEVALIER, LISETTE

LA MARQUISE *à Lisette.*

Sors, il sera peut-être bien aise de n'avoir point de témoins, d'être seul.

SCÈNE XV

LE CHEVALIER, LA MARQUISE

LE CHEVALIER *prend de longs détours.*

Je viens prendre congé de vous, et vous dire adieu, Madame.

LA MARQUISE

Vous, monsieur le Chevalier, et où allez-vous donc ?

LE CHEVALIER

Où j'allais quand vous m'avez arrêté[1].

LA MARQUISE

Mon dessein n'était pas de vous arrêter pour si peu de temps.

LE CHEVALIER

Ni le mien de vous quitter si tôt, assurément.

LA MARQUISE

Pourquoi donc me quittez-vous ?

LE CHEVALIER

Pourquoi je vous quitte ? Eh ! Marquise, que vous importe de me perdre, dès que vous épousez le Comte !

LA MARQUISE

Tenez, Chevalier, vous verrez qu'il y a encore du malentendu dans cette querelle-là : ne précipitez rien, je ne veux point que vous partiez, j'aime mieux avoir tort[1].

LE CHEVALIER

Non, Marquise, c'en est fait ; il ne m'est plus possible de rester, mon cœur ne serait plus content du vôtre.

LA MARQUISE *avec douleur.*

Je crois que vous vous trompez.

LE CHEVALIER

Si vous saviez combien je vous dis vrai ! combien nos sentiments sont différents…

LA MARQUISE

Pourquoi différents ? Il faudrait donner un peu plus d'étendue à ce que vous dites là, Chevalier ; je ne vous entends pas bien.

LE CHEVALIER

Ce n'est qu'un seul mot qui m'arrête.

LA MARQUISE *avec un peu d'embarras.*

Je ne puis deviner, si vous ne me le dites.

LE CHEVALIER

Tantôt je m'étais expliqué dans un billet que je vous avais écrit.

LA MARQUISE

À propos de billet; vous me faites ressouvenir que l'on m'en a apporté un quand vous êtes venu.

LE CHEVALIER *intrigué*[1].

Et de qui est-il, Madame?

LA MARQUISE

Je vous le dirai. *(Elle lit.) Je devais, Madame, regretter Angélique toute ma vie; cependant, le croiriez-vous? je pars aussi pénétré d'amour pour vous que je le fus jamais pour elle.*

LE CHEVALIER

Ce que vous lisez là, Madame, me regarde-t-il[2]?

LA MARQUISE

Tenez, Chevalier, n'est-ce pas là le mot qui vous arrête?

LE CHEVALIER

C'est mon billet[3]! ah! Marquise, que voulez-vous que je devienne?

LA MARQUISE

Je rougis, Chevalier, c'est vous répondre.

LE CHEVALIER *lui baisant la main.*

Mon amour pour vous durera autant que ma vie

LA MARQUISE

Je ne vous le pardonne qu'à cette condition-là.

SCÈNE XVI

LA MARQUISE, LE CHEVALIER, LE COMTE

LE COMTE

Que vois-je ? monsieur le Chevalier, voilà de grands transports !

LE CHEVALIER

Il est vrai, monsieur le Comte, quand vous me disiez que j'aimais Madame, vous connaissiez mieux mon cœur que moi ; mais j'étais dans la bonne foi, et je suis sûr de vous paraître excusable.

LE COMTE

Et vous, Madame ?

LA MARQUISE

Je ne croyais pas l'amitié si dangereuse.

LE COMTE

Ah, Ciel !

SCÈNE DERNIÈRE

LA MARQUISE, LE CHEVALIER, LISETTE, LUBIN

LISETTE

Madame, il y a là-bas un notaire que le Comte a amené.

LE CHEVALIER

Le retiendrons-nous, Madame ?

LA MARQUISE

Faites, je ne me mêle plus de rien.

LISETTE *au Chevalier.*

Ah ! je commence à comprendre : le Comte s'en va, le notaire reste, et vous vous mariez.

LUBIN

Et nous aussi, et il faudra que votre contrat fasse la fondation[1] du nôtre : n'est-ce pas Lisette ? allons, de la joie !

DOSSIER

CHRONOLOGIE[1]

1688-1763

1688. 4 (?) février : naissance à Paris de Pierre Carlet, fils de Nicolas Carlet, ancien officier de la marine, trésorier des vivres en Allemagne, et de Marie-Anne Bullet, sœur de Pierre Bullet — architecte du roi, membre de l'Académie d'architecture —, et tante de Jean-Baptiste Bullet de Chamblain, architecte comme son père et futur membre de la même Académie.

1698 Fin décembre : Nicolas Carlet est nommé contrôleur-contregarde à la Monnaie de Riom. Il avait la protection, comme les Bullet, des ministres Pontchartrain et Chamillart. Il résidera désormais à Riom où sa femme et son fils le rejoignent. Le futur Marivaux fait très probablement ses études au collège des Oratoriens de cette ville.

1704. 20 juin : Nicolas Carlet est nommé directeur de la Monnaie de Riom après des années difficiles de conflit avec le personnel et des périodes de fermeture de l'établissement, conflits et interruptions qui se répéteront pendant les années suivantes.

1710. 30 novembre : Pierre Carlet, « *arvernus riomensis* », auvergnat de Riom, s'inscrit à la faculté de droit de Paris.

1. On trouvera une chronologie très détaillée dans l'édition du *Théâtre complet* de Marivaux par Henri Coulet et Michel Gilot, éditions Gallimard, Bibliothèque de la Pléiade, 1993-1994, 2 volumes

1711. 25 avril : Pierre Carlet s'inscrit de nouveau à la faculté de droit.

1712. Publication chez Pierre Huet, libraire récemment installé à Paris, d'une comédie en vers, *Le Père prudent et équitable ou Crispin l'heureux fourbe*, avec permission de Constant Du Masdubos, alors procureur de police à Limoges (et connu sans doute à Riom par Marivaux).

30 avril : troisième inscription de Pierre Carlet, « *parisiensis* », à la faculté de droit.

10 juillet : Fontenelle signe l'approbation d'un roman présenté à la censure le 14 avril par Marivaux, *Les Aventures de *** ou les Effets surprenants de la sympathie.* Pierre Huet obtiendra en août un privilège de trois ans pour l'édition de ce roman.

8 décembre : Pierre Prault présente à la censure *Pharsamon*, roman de Marivaux qui ne sera publié qu'en 1737. Approbation de Fontenelle en date du 22 janvier 1713.

1713. Au début de l'année, publication des tomes I et II des *Effets surprenants de la sympathie.*

11 mai : Pierre Huet présente à la censure *La Voiture embourbée*; approbation de Fontenelle en date du 31 août.

Juin : compte rendu des *Effets surprenants de la sympathie* dans le *Journal des savants.*

1714. Au début de l'année, publication chez Pierre Prault du *Bilboquet*, des trois derniers tomes des *Effets surprenants de la sympathie*, et de *La Voiture embourbée.*

24 juin : approbation (?) par le censeur Burette du *Télémaque travesti* (parodie du *Télémaque* de Fénelon), qui ne sera publié qu'en 1736 à Amsterdam.

1715. Marivaux a dû dès son arrivée à Paris fréquenter le groupe des Modernes, dont les principaux représentants étaient Fontenelle et Houdar de La Motte ; pendant la Régence, il lie amitié avec ceux qui, autour des Tencin, encouragent l'entreprise financière de Law et soutiennent la lutte contre le jansénisme.

1716. Fin de l'année : publication chez Pierre Prault de *L'Homère travesti ou l'Iliade en vers burlesques.* L'épître dédicatoire au duc de Noailles, président du Conseil des finances, est signée « Carlet de Marivaux ».

1717. 7 juillet : mariage de Pierre Carlet de Marivaux et de Colombe Bollogne, née en 1683 ; Prosper Jolyot de Crébillon, l'auteur tragique, est un des témoins du marié.
Septembre-novembre : publication dans *Le Nouveau Mercure* des « Lettres sur les habitants de Paris ».

1718. 24 janvier : naissance de Colombe, fille de Marivaux.
Août-septembre : publication dans *Le Nouveau Mercure* de la « Suite des caractères » (c'est la suite des « Lettres sur les habitants de Paris »).

1719. Mars : *Le Nouveau Mercure* publie les « Pensées sur différents sujets : Sur la clarté du discours. Sur le sublime ».
14 avril : mort de Nicolas Carlet.
Juin : Marivaux demande à acquérir la charge de son père à Riom. Il ne l'obtiendra pas.
Novembre-décembre : *Le Nouveau Mercure* publie la « Lettre de M. de M*** contenant une aventure » et la « Suite de la lettre de M. de Marivaux ».

1720. Février-mars-avril : *Le Nouveau Mercure* publie les trois dernières livraisons des « Lettres contenant une aventure ».
3 mars : représentation unique de *L'Amour et la Vérité* (par Marivaux et Rustaing de Saint-Jorry) au Théâtre-Italien.
17 octobre : première représentation d'*Arlequin poli par l'amour* au Théâtre-Italien.
16 décembre : première représentation de *La Mort d'Hannibal*, tragédie, au Théâtre-Français. Elle avait été reçue par les Comédiens le 5 août de l'année précédente.

En ces années 1719-1720, Marivaux a placé des sommes importantes, venant de sa femme, dans une société d'agio créée par Mme de Tencin, et la faillite de Law les lui a fait perdre.

1721. 31 mai : Marivaux, qui s'est de nouveau inscrit à la faculté de droit, est reçu bachelier.

Juillet : publication de la première feuille du *Spectateur français*, périodique inspiré par le *Spectator* d'Addison et Steele ; en tout, vingt-cinq feuilles paraîtront à intervalles très irréguliers jusqu'à novembre 1724.

4 septembre : Marivaux est reçu licencié en droit au bénéfice de l'âge. Il n'est pas sûr qu'il ait été avocat ni qu'il ait jamais plaidé.

1722. 3 mai : première représentation de *La Surprise de l'amour* au Théâtre-Italien.

1723. 6 avril : première représentation de *La Double Inconstance* au Théâtre-Italien. Mort de la femme de Marivaux en cette année 1723 ou en 1724.

1724. 5 février : première représentation du *Prince travesti* au Théâtre-Italien.

8 juillet : première représentation de *La Fausse Suivante ou le Fourbe puni* au Théâtre-Italien.

2 décembre : première représentation du *Dénouement imprévu* au Théâtre-Français.

1725. 5 mars : première représentation de *L'Île des Esclaves* au Théâtre-Italien.

19 août : première représentation de *L'Héritier de village* au Théâtre-Italien.

1727. 2 février : *La Vie de Marianne ou les Aventures de Mme la Comtesse de **** est l'objet d'une demande d'approbation et de privilège présentée par la veuve Coutelier, libraire à Paris.

Fin mars-juillet : publication des sept feuilles de *L'Indigent philosophe.*

11 septembre : *Les Petits Hommes ou l'Île de la Raison* sont représentés au Théâtre-Français.

31 décembre : première représentation de *La Sur-*

prise de l'amour au Théâtre-Français. Cette comédie, qu'on appelle en général *La Seconde Surprise de l'amour*, avait été reçue le 30 janvier.

1728. 28 avril : première représentation du *Triomphe de Plutus* au Théâtre-Italien.

9 mai : approbation par la censure de la première partie de *La Vie de Marianne*.

1729. 18 juin : unique représentation de *La Nouvelle Colonie ou la Ligue des femmes* au Théâtre-Italien.

1730. 23 janvier : première représentation du *Jeu de l'amour et du hasard* au Théâtre-Italien.

1731. Fin du printemps : publication de la première partie de *La Vie de Marianne* chez Pierre Prault ; l'impression de la deuxième partie, dans sa version primitive dont on ne connaît qu'une page, avait été commencée.

5 novembre : première représentation de *La Réunion des Amours* au Théâtre-Français.

1732. 12 mars : première représentation du *Triomphe de l'amour* au Théâtre-Italien.

8 juin : première représentation des *Serments indiscrets* au Théâtre-Français. C'est la seule comédie de Marivaux en cinq actes. Elle avait été reçue en mars 1731.

25 juillet : première représentation de *L'École des mères* au Théâtre-Italien.

Décembre : le bruit court que Marivaux serait candidat à l'Académie française.

1733. 6 juin : première représentation de *L'Heureux Stratagème* au Théâtre-Italien.

12 juillet : mort de Mme de Lambert, dont Marivaux avait fréquenté le salon.

1734. Fin janvier : publication de la deuxième partie de *La Vie de Marianne*.

Janvier-avril : publication des onze feuilles du *Cabinet du philosophe*, dernier journal de Marivaux.

Avril : publication de la première partie du *Paysan*

parvenu, présentée à la censure le 16 mars; les quatre autres parties du roman paraîtront en juin, août et octobre de la même année et avril 1735.
16 août : première représentation de *La Méprise* au Théâtre-Italien.
6 novembre : première représentation, interrompue par les sifflets, du *Petit-maître corrigé* au Théâtre-Français.

1735. 9 mai : première représentation de *La Mère confidente* au Théâtre-Italien.
Novembre : publication de la troisième partie de *La Vie de Marianne*.

1736. Début : publication du *Télémaque travesti* (voir 1714).
Fin mars : publication de la quatrième partie de *La Vie de Marianne*.
11 juin : première représentation du *Legs* au Théâtre-Français.
Septembre : publication de la cinquième partie de *La Vie de Marianne*.
Novembre : publication de la sixième partie de *La Vie de Marianne*.

1737. Février : publication de la septième partie de *La Vie de Marianne*.
16 mars : première représentation des *Fausses Confidences* au Théâtre-Italien.
Janvier-juin : publication de *Pharsamon* (voir 1712).
Décembre : publication de la huitième partie de *La Vie de Marianne* à La Haye, la censure ayant reçu en France des instructions pour la proscription des romans.

1738. 7 juillet : première représentation de *La Joie imprévue* au Théâtre-Italien.

1739. 13 janvier : première représentation des *Sincères* au Théâtre-Italien.
19 août : mort de Thomassin, qui interpréta le rôle d'Arlequin dans toutes les comédies de Marivaux depuis *Arlequin poli par l'amour*.

1740. 19 novembre . première représentation de *L'Épreuve* au Théâtre-Italien.

1741. De cette année est datée la copie manuscrite de *La Commère*, comédie attribuée à Marivaux.

1742. Publication des livres IX, X et XI de *La Vie de Marianne*, à La Haye.
10 décembre : Marivaux est élu à l'Académie française ; Mme de Tencin avait vigoureusement soutenu sa candidature.

1743. 4 février : réception de Marivaux à l'Académie. L'archevêque de Sens, Languet de Gergy, répond à son discours de réception.

1744. À partir d'avril, Marivaux loge chez Mlle de Saint-Jean, rue Saint-Honoré.
25 août : Marivaux lit à l'Académie des « Réflexions » sur le progrès de l'esprit humain, qui seront publiées dans le *Mercure de France* en juin 1755 (sous le titre de « Réflexions sur Thucydide »).
19 octobre : unique représentation de *La Dispute* au Théâtre-Français.

1745. 6 avril : Colombe de Marivaux entre au noviciat de l'abbaye du Trésor dans le département actuel de l'Eure.

1746. 6 août : première représentation du *Préjugé vaincu* au Théâtre-Français.
7 octobre : acte d'examen de « Sœur Colombe Prospère de Marivaux » au monastère du Trésor.

1748. 4 avril : Marivaux lit à l'Académie des « Réflexions en forme de lettre sur l'esprit humain » (publiées en janvier 1755 dans le *Mercure de France* sous le titre du *Miroir*).

1749. 25 août : Marivaux lit à l'Académie le commencement des « Réflexions sur Corneille et sur Racine ».
25 septembre : Marivaux lit à l'Académie la suite des « Réflexions sur Corneille et sur Racine ».
4 décembre : mort de Mme de Tencin, amie de Marivaux depuis plus de trente ans.

1750. 25 août : Marivaux lit à l'Académie des « Réflexions sur les hommes de génie ». Le *Mercure de France* publiera en avril 1755 et décembre 1757 ces trois séries de « Réflexions » sous le titre de « Réflexions sur l'esprit humain à l'occasion de Corneille et de Racine ».
Décembre : le *Mercure de France* publie *La Colonie*, réfection de *La Nouvelle Colonie* de 1729.

1751. 25 août : Marivaux lit à l'Académie des « Réflexions sur les Romains et sur les anciens Perses » (publiées dans le *Mercure de France* d'octobre).

1754. Décembre : le *Mercure de France* publie « L'Éducation d'un prince, dialogue ».

1755. 24 et 25 août : représentations de *La Femme fidèle* chez le comte de Clermont, sur le théâtre champêtre de son château de Berny. Seuls quelques rôles de cette comédie ont été retrouvés.

1757. 5 mars : *Félicie*, comédie de Marivaux, est reçue au Théâtre-Français, mais ne sera jamais jouée. Le *Mercure de France* la publiera le même mois.
5 mai : *L'Amante frivole* est reçue au Théâtre-Français; elle ne sera jamais jouée, et le texte en est perdu.
Octobre : Marivaux règle ses comptes avec Mlle de Saint-Jean; ils se constituent chacun une rente annuelle, qui doit revenir en totalité au dernier vivant.
Novembre : *Le Conservateur* publie *Les Acteurs de bonne foi.*

1758. 20 janvier : Marivaux rédige son testament.
Septembre : mort de Silvia, actrice fétiche de Marivaux, âgée de cinquante-sept ans.

1761. Mai : le *Mercure de France* publie *La Provinciale.*

1763 12 février : mort de Marivaux à Paris.

LA SURPRISE DE L'AMOUR
ET *LA SECONDE SURPRISE DE L'AMOUR*
À LA SCÈNE ET DEVANT LA CRITIQUE

Lors de la création, *La Surprise de l'amour* « a été fort bien reçue du public », selon le *Mercure* de mai 1722. Silvia était le nom de théâtre de Zanetta-Rosa Benozzi, mariée en 1720 à l'acteur Joseph Balletti ; elle avait dans la troupe le rôle de seconde amoureuse, celui de première amoureuse appartenant de fondation à Flaminia, Elena Balletti, femme du directeur de la troupe, Luigi Riccoboni, dont le nom de scène était Lélio. Dans la comédie de Marivaux la première amoureuse est Silvia, Flaminia, suivante de Silvia, étant seconde amoureuse. Mais celle qui était l'aînée de Silvia et qui la précédait dans la hiérarchie des emplois gardait ici sa priorité par la vivacité et l'importance de son action d'organisatrice, d'animatrice, d'instigatrice. Lélio, premier amoureux, était habituellement grave et même sombre, les tirades passionnées qu'il prononce dans la scène 2 du premier acte, son refus têtu d'être heureux, devaient être marqués par ce caractère. Quant à Arlequin, Tommaso Antonio Vicentini, dit Thomassin, il n'avait plus besoin des didascalies détaillées que Marivaux lui avait fournies dans *Arlequin poli par l'amour* pour rendre tout ce que son rôle comportait de bouffon et de tendre : il sera bientôt, en 1723, un des personnages principaux de *La Double Inconstance* et aura le premier rôle en 1725 dans *L'Île des Esclaves*. À partir de 1726 le rôle de Lélio de *La Surprise de l'amour* sera confié à François Riccoboni (Lélio II, fils de

Luigi), et c'est dans ce rôle aussi que furent mis à l'essai les nouveaux comédiens recrutés par la troupe. Les premiers avaient été réunis à Parme par Luigi Riccoboni, en 1716, à la demande du Régent Philippe d'Orléans, et ignoraient ou parlaient difficilement le français; les scènes en italien étaient fréquentes dans les pièces représentées quand la troupe en était à ses débuts, et Thomassin compensait par sa mimique et ses lazzi sa mauvaise élocution. Encore en 1722, rendant compte de la représentation de *La Surprise de l'amour*, le *Mercure* félicitait ainsi Lélio : « Le sieur Lélio, à qui la langue française ne devrait pas naturellement être familière, a joué son rôle qui est tout français en perfection[1]. » Lesbros de la Versane prétend que Marivaux fit la connaissance de Silvia lors de ces premières représentations : Silvia, selon lui, était désespérée de ne pouvoir rendre toutes les nuances d'esprit et de sentiment de son rôle, et aurait donné « tout au monde pour connaître l'auteur ». Par l'intermédiaire d'un ami, Marivaux accepta de la rencontrer à condition de garder l'*incognito*, la trouva à sa toilette, aperçut la brochure de sa pièce, que Silvia déplora de ne pouvoir jouer parfaitement avec ses camarades : « Nous la jouerions cent fois mieux si [l'auteur] avait seulement daigné nous la lire. » Marivaux lut alors un passage du rôle de Silvia, avec tant d'expressivité que Silvia s'écria : « Vous éclairez mon âme. Vous lisez comme je voulais, comme je sentais qu'il fallait jouer : vous êtes le diable ou l'auteur de la pièce. » Marivaux répondit qu'il n'était pas le diable[2]. D'Alembert raconte l'anecdote autrement : c'est Marivaux qui, « peu content de la manière dont [Silvia] avait rempli le premier rôle qu'il lui confia [...] se fit présenter chez elle par un ami, sans se faire connaître » et lut des passages de la pièce : « Ah ! Monsieur, vous êtes l'auteur de la pièce », s'écria

1. *Mercure*, mai 1722.
2. Lesbros de la Versane, *Esprit de Marivaux ou Analectes de ses ouvrages; précédés de la vie historique de l'auteur*, à Paris, chez la Veuve Pierres, 1769, p. 14-17.

Silvia[1]. L'anecdote est peut-être forgée[2], ou au moins arrangée (mieux par Lesbros de la Versane que par d'Alembert), mais elle s'appuie sur deux faits avérés : qu'il y eut dès lors entre Marivaux et Silvia une entente très profonde, et que la pièce fut représentée sans nom d'auteur (comme l'avait déjà été *Arlequin poli par l'amour*, et comme le seront d'autres comédies de Marivaux). Lesbros voit là une preuve de la modestie de Marivaux : c'est plutôt une preuve de la prudence des comédiens, qui pouvaient craindre la cabale (*Les Serments indiscrets*, en 1732, semblent en avoir été la victime au Théâtre-Français) ou voulaient d'abord voir comment le public réagirait. La pièce fut jouée seize fois du 3 mai au 13 juin 1722, avec un succès non triomphal, mais encourageant ; reprise ensuite du 5 septembre 1722 au 13 mars 1723 en deux séries de représentations séparées de plus d'un mois, elle eut un succès plus brillant, et fut donnée moins fréquemment, mais assez régulièrement jusqu'en 1758 où elle fut abandonnée.

La Surprise de l'amour n'est pas une des comédies qui ont assuré par la suite la gloire de Marivaux : adoptée en 1911 par la Comédie-Française, mais réduite à un seul acte, ressuscitée en 1922, pour le deux-centième anniversaire de sa création, à l'Odéon et au Vieux-Colombier, inscrite à partir de 1938 dans son intégralité au répertoire de la Comédie-Française, elle n'a intéressé à notre époque que quelques

1. *Éloge de Marivaux*, *Théâtre complet* de Marivaux, éd. de Frédéric Deloffre et Françoise Rubellin (éd. D. R.), Classiques Garnier, 1992, t. II, p. 983-984. Quel est ce « premier rôle » confié à Silvia par Marivaux ? *Arlequin poli par l'amour* avait été un succès ; *L'Amour et la Vérité*, au contraire, avait été un échec complet, mais on ne sait si un rôle y était tenu par Silvia.

2. Que le nom de l'auteur n'ait pas été communiqué aux spectateurs, c'était assez courant. Mais est-il possible que les acteurs eux non plus ne l'aient pas connu ? Les auteurs venaient eux-mêmes lire la pièce qu'ils proposaient, les statuts du Théâtre-Italien leur conféraient le droit de choisir leurs interprètes. Même si Marivaux s'est abstenu de cette lecture et de ce choix, Luigi Riccoboni, le *capocomico*, savait sans doute de qui lui venait la pièce.

metteurs en scène curieux et inventifs. Quand Marivaux (qui n'a parlé qu'assez peu de lui-même et de ses œuvres, du moins dans les écrits qu'on a conservés de lui — sauf quelques lettres, toute sa correspondance a disparu —) nomme *La Surprise de l'amour*, il s'agit toujours de la seconde, celle du Théâtre-Français.

Les Comédiens-Français reçurent la seconde *Surprise de l'amour* le 30 janvier 1727 et se préparaient à la jouer pour l'ouverture de la saison, après Pâques, en avril. Le succès d'une comédie de Destouches, *Le Philosophe marié*, les obligea à reporter à plus tard la comédie de Marivaux, et c'est sans doute à la demande de Marivaux lui-même qu'ils attendirent la saison d'hiver, la plus favorable pour les pièces importantes : La seconde *Surprise de l'amour* fut créée le 31 décembre 1727. Entre-temps ils avaient représenté, de Marivaux également, *L'Île de la Raison*, qu'ils avaient reçu comme « le chef-d'œuvre de l'esprit humain[1] » et qui échoua, comme nous l'avons rappelé plus haut. Marivaux avait-il rédigé au début de 1726 et destiné aux Italiens une première version de la nouvelle *Surprise de l'amour*? C'est ce qu'annonce l'abbé Bonardy au président Bouhier dans une lettre du 8 mars 1726[2]. On peut en douter : il est vrai que Lubin a quelques traits comiques d'Arlequin, mais pour s'accorder au style des pièces « italiennes », la comédie aurait dû être assez différente de ce qu'elle est, outre qu'elle n'aurait pas pu se présenter dans le même théâtre sous le même titre que sa devancière.

La liste des acteurs français qui la créèrent est connue : Adrienne Lecouvreur était la Marquise ; Quinault l'aîné : le Chevalier ; Dubreuil : le Comte ; la demoiselle Quinault (sœur de Quinault l'aîné, elle tiendra par la suite un salon

1. Mouhy, *Abrégé de l'histoire du Théâtre-Français*, Jorry, 1780-1783, 4 vol.
2. *Correspondance littéraire du président Bouhier*, éditée par H. Duranton, Université de Saint-Étienne, fascicule 5, 1977. Voir chez Gallimard, l'édition du *Théâtre complet* de Marivaux par Henri Coulet et Michel Gilot (éd. C. G.), tome I, p. 1016.

fréquenté par les intellectuels) : Lisette; Duchemin le père : le pédant Hortensius et Armand : Lubin. Tous excellents acteurs, qui ne servirent peut-être pas la pièce aussi bien que Marivaux l'aurait voulu. L'avertissement des *Serments indiscrets*, grande comédie en cinq actes qui n'eut aucun succès, laisse entendre que les Comédiens-Français ne savaient pas adapter leur jeu au style de Marivaux. C'est surtout le personnage d'Hortensius qui parut occuper trop de place dans l'intrigue. Néanmoins *La Surprise de l'amour* française fut représentée assez régulièrement pendant tout le XVIIIe siècle; on a remarqué, Marivaux l'a remarqué lui-même, que des comédies d'abord accueillies froidement, gagnaient ensuite l'intérêt des spectateurs; il avait contre lui, au Théâtre-Français, l'admiration toujours maintenue pour Molière et une façon traditionnelle de concevoir la comédie, avec lesquelles ni sa psychologie, ni sa dramaturgie, ni son dialogue ne s'accordaient : pourtant il a pour ainsi dire habitué le public à l'écouter, et si *La Surprise de l'amour* italienne était devenue un classique du Nouveau Théâtre-Italien, tant qu'il a subsisté, *La Surprise de l'amour* française l'est devenue au cours du XVIIIe siècle pour le Théâtre-Français.

Au XIXe siècle elle fut complètement éclipsée par *Le Legs*, et par des comédies écrites à l'origine pour le défunt Théâtre-Italien, *Le Jeu de l'amour et du hasard, L'Épreuve, Les Fausses Confidences*. Les monstres sacrés du théâtre, les Mlle Mars, Mlle Brohan, Mme Bartet, les comédiens classiques de la première moitié du XXe siècle, mirent dans leur jeu tant d'affectation, tant de minauderie que le mot *marivaudage* fut synonyme de subtilité façonnière. Dès 1920 pourtant, Xavier de Courville, parallèlement à ses recherches sur Riccoboni et le Théâtre-Italien, fit représenter dans un esprit tout nouveau quelques comédies, parmi lesquelles la seconde *Surprise de l'amour*. Depuis 1940, l'interprétation des comédies de Marivaux par Jean-Louis Barrault, Madeleine Renaud, Jean Vilar, a suscité l'émulation des metteurs en scène et des jeunes compagnies : *La Surprise de l'amour* redevint une comédie vivante et plaisante à la Comédie-Française; elle fut même, en 1959, présentée par Roger Planchon au théâtre de Villeurbanne dans une mise en scène qui fit scandale, parce qu'un lit défait au milieu du théâtre, quand commençait la (courte) scène 10 de l'acte III, donnait à comprendre pourquoi la Marquise disait au Comte : « Laissez-moi me reposer, je vous prie. » N'ayant pu assister à la représentation, nous citerons le résumé fait par Henri Lagrave : Roger Planchon « faisait éclater l'unité de lieu [...], il dérythmait, déstructurait la pièce, divisée en 14 séquences, en brisant le découpage par scènes, en interrompant brusquement l'action; il introduisait dans la comédie la vie matérielle et quotidienne [...], il étirait le temps [...][1] ». On était bien loin de Mlle Mars ou de Mme Dussane, le décapage était violent. La critique fut divisée, les uns s'indignèrent, les autres applaudirent, les plus modérés reconnurent que Roger Planchon, de façon très cohérente, voulait mettre en lumière les réalités de l'existence à l'époque de Marivaux, la dureté des rapports sociaux et l'érotisme délicatement dissimulé dans le texte par l'auteur : moyen paradoxal de faire mieux apprécier cette délicatesse...

1. Henri Lagrave, *Marivaux et sa fortune littéraire*, éditions Ducros, 1970, p. 150.

ÉLÉMENTS DE BIBLIOGRAPHIE

I. ÉDITIONS DU THÉÂTRE DE MARIVAUX

FOURNIER, Jean et BASTIDE, Maurice, *Théâtre complet de Marivaux,* Éditions nationales (collection « Les Classiques verts ») 1947, 2 vol.

DORT, Bernard, *Théâtre de Marivaux,* Le Club français du Livre, 1961-1962, 4 vol.

DORT, Bernard, *Théâtre complet de Marivaux,* Le Seuil, 1964.

DELOFFRE, Frédéric, *Théâtre complet,* Classiques Garnier, 1968, 2 vol. ; nouvelle édition revue et mise à jour avec la collaboration de Françoise Rubellin, 1989-1992 (rééd. dans la Pochothèque, Hachette, 2000).

COULET, Henri et GILOT, Michel, *Théâtre complet,* Gallimard, « Bibliothèque de la Pléiade », 1993-1994, 2 vol.

II. ÉDITIONS DES DEUX COMÉDIES

La Surprise de l'amour suivi de *La Seconde Surprise de l'amour,* préface, notes et dossier par Françoise Rubellin, Le Livre de poche (1991), 2000.

III. BIBLIOGRAPHIE

DELOFFRE, Frédéric, « État présent des études sur Marivaux », *L'Information littéraire*, novembre-décembre 1964.

COULET, Henri, « État présent des études sur Marivaux », *L'Information littéraire*, mars-avril 1979.

RIVARA, Annie, « État présent des études sur Marivaux », *Dix-huitième Siècle*, n° 27, 1995.

IV. HISTOIRE DU THÉÂTRE

GUEULLETTE, Thomas-Simon, *Notes et souvenirs sur le Théâtre-Italien au XVIIIe siècle*, publiés par Jean-Émile Gueullette, Droz, 1938.

ARGENSON, marquis d', « Notice sur les œuvres de théâtre » publiées par Henri LAGRAVE, *Studies on Voltaire and the XVIIIth Century*, nos 42-43, 1966.

PARFAICT, François et Claude, *Dictionnaire des théâtres de Paris*, 1756, 7 vol.

JULLIEN, Jean-Auguste, dit DESBOULMIERS, *Histoire anecdotique et raisonnée du théâtre italien, depuis son rétablissement en France jusqu'à l'année 1769*, Lacombe, 1769, 7 vol.

CLÉMENT, Jean-Marie, et LA PORTE, abbé Jean-Barthélemy de, *Anecdotes dramatiques*, Veuve Duchesne, 1775, 3 vol.

ORIGNY, Antoine d', *Annales du théâtre Italien depuis son origine jusqu'à nos jours*, Veuve Duchesne, 1788, 3 vol. (Slatkine Reprints, Genève, 1970).

CAMPARDON, Émile, *Les Comédiens du roi de la troupe italienne pendant les deux derniers siècles*, Berger-Levrault, 1880, 2 vol.

LINTILHAC, Eugène, *Histoire générale du théâtre en France*, IV : *La Comédie. Dix-huitième siècle*, Flammarion, 1909.

COURVILLE, Xavier de, *Un apôtre de l'art du théâtre au XVIIIe siècle. Luigi Riccoboni, dit Lélio*, tome I, *1676-1715, L'Expérience italienne*, Droz, 1943 ; tome II, *1716-1731*,

L'Expérience française, Droz, 1945 ; tome III, *1732-1753, La Leçon*, Librairie théâtrale, 1958.

ATTINGER, Gustave, *L'Esprit de la commedia dell'arte dans le théâtre français*, Neuchâtel, La Baconnière, 1950.

BRENNER, Clarence D., *The Théâtre italien, its Repertory, 1716-1793*, Berkeley, University of California Press, 1961.

LAGRAVE, Henri, *Le Théâtre et le public à Paris de 1715 à 1750*, Klincksieck, 1972.

PEYRONNET, Pierre, *La Mise en scène au XVIIIe siècle*, Nizet, 1974.

SCHÉRER, Jacques, *Théâtre et anti-théâtre au XVIIIe siècle*, Oxford, Clarendon Press, 1975.

ROUGEMONT, Martine de, *La Vie théâtrale en France au XVIIIe siècle*, Honoré Champion, 1988.

BARIDON, Michel, et JONARD, Norbert (éd.), *Arlequin et ses masques*, Dijon, EUD, 1992.

RALLO, Élisabeth (éd.), *Le valet passé maître. Arlequin et Figaro*, Ellipses, 1998.

V. ÉTUDES GÉNÉRALES SUR MARIVAUX

LARROUMET, Gustave, *Marivaux, sa vie et son œuvre d'après des documents nouveaux*, Hachette, 1882 (édition abrégée, Paris, 1884).

ROY, Claude, *Lire Marivaux*, Neuchâtel, Le Seuil, 1947.

ARLAND, Marcel, *Marivaux*, Gallimard, 1950.

POULET, Georges, *Études sur le temps humain*, tome II, *La Distance intérieure*, « Marivaux », Plon, 1952, p. 1-34.

GAZAGNE, Paul, *Marivaux par lui-même*, Le Seuil, 1954.

DELOFFRE, Frédéric, *Une préciosité nouvelle. Marivaux et le marivaudage*, Armand Colin, 1955 (nouvelle édition 1967 ; Slatkine Reprints, 1993).

ROUSSET, Jean, « Marivaux et la structure du double registre », *Forme et signification*, José Corti, 1962 (article de 1957).

GREENE, Edward J. H., *Marivaux*, University of Toronto Press, 1965.

DORT, Bernard, « À la recherche de l'amour et de la vérité », *Théâtre public*, Le Seuil, 1967 (article de 1962).

SCHAAD, Harold, *Le Thème de l'être et du paraître dans l'œuvre de Marivaux*, Juris Druck Verlag, Zurich, 1969.

MÜHLEMANN, Suzanne, *Ombres et lumières dans l'œuvre de Pierre Carlet de Chamblain de Marivaux*, Berne, H. Lang, 1970.

LAGRAVE, Henri, *Marivaux et sa fortune littéraire*, Saint-Médard-en-Jalles, Ducros, 1970.

HAAC, Oscar, *Marivaux*, New York, Twayne Publishers, 1973.

COULET, Henri, et GILOT, Michel, *Marivaux. Un humanisme expérimental*, Larousse, 1973.

STEWART, Philip, *Le Masque et la Parole. Le langage de l'amour au XVIIIe siècle* (chap. IV), Corti, 1973.

GILOT, Michel, *Les Journaux de Marivaux. Itinéraire moral et accomplissement esthétique*, Université de Lille III, 1974, 2 vol.

TRAPNELL, William, *Eavesdropping in Marivaux*, Genève, Droz, 1987.

CULPIN, David J., *Marivaux and Reason. A Study in Early Enlightenment Thought*, Francfort, Berne, Paris, Peter Lang, 1993.

GILOT, Michel, *L'Esthétique de Marivaux*, SEDES, 1998.

VI. COLLOQUES, NUMÉROS SPÉCIAUX, RECUEILS

« Comédie italienne et théâtre français », *Cahiers de l'Association internationale des études françaises*, XV, 1963.

Le Triomphe de Marivaux (Magdy G. BADIR et Vivien BOSLEY, éd.), Edmonton, 1989.

Visages de Marivaux (David J. CULPIN, éd.), *Romance Studies*, n° 15, hiver 1989.

Anatom des menschlichen Herzens (B. KORTLÄNDER et G. SCHEFFEL éd.), Düsseldorf, 1990.

Vérités à la Marivaux (Raymond JOLY, éd.), *Études littéraires*, XXIV, nº 1, Québec, Université Laval, été 1991.

Marivaux d'hier, Marivaux d'aujourd'hui (Henri COULET, Jean EHRARD, Françoise RUBELLIN, éd.), Éditions du CNRS, 1991.

Marivaux e il teatro italiano (Mario MATUCCI, éd.), Pacini Editore, Ospedaletto, 1992.

Marivaux et les Lumières (Henri COULET et Geneviève GOUBIER, éd.), 2 vol., Aix-en-Provence, 1996.

Marivaux (Michel DELON, éd.), *Europe*, nºˢ 811-812, nov.-déc. 1996.

Masques italiens et comédie moderne (recueil d'articles sous la direction d'Annie RIVARA), Orléans, 1996.

Marivaux et l'Imagination (Fr. Gevrey éd.), Toulouse, Éditions Universitaires du Sud, 2002.

La *Revue Marivaux*, éditée par la Société Marivaux, publie annuellement depuis 1990 des études sur Marivaux et des comptes rendus de travaux et de spectacles.

VII. ÉTUDES SUR LE THÉÂTRE DE MARIVAUX

MAC KEE, Kenneth, *The Theatre of Marivaux*, New Yord University Press, 1958.

MEYER, Marlyse, *La Convention dans le théâtre d'amour de Marivaux*, Universidade de São Paulo, 1961.

RATERMANIS, Jean-Baptiste, *Étude sur le comique dans le théâtre de Marivaux*, Minard, 1961.

RIGAULT, Claude, *Les Domestiques dans le théâtre de Marivaux*, A.G. Nizet, 1968.

PAPADOPOULOU BRADY, Valentini, *Love in the Theatre of Marivaux*, Genève, Droz, 1970.

DESVIGNES-PARENT, Lucette, *Marivaux et l'Angleterre. Essai sur une création dramatique originale*, Klincksieck, 1970.

DESCOTES, Maurice, *Les Grands Rôles du théâtre de Marivaux*, PUF, 1972.

BONHÔTE, Nicolas, *Marivaux et les Machines de l'opéra*, Lausanne, L'Âge d'homme, 1974.

MIETHING, Christoph, *Marivaux' Theater. Identitäts Probleme in der Komödie*, München, W. Fink, 1975.

LACANT, Jacques, *Le théâtre de Marivaux en Allemagne. Reflets de son théâtre dans le miroir allemand*, Klincksieck, 1975.

SCAPAGNA, Antoine, *Entre le oui et le non. Essai sur la structure profonde du théâtre de Marivaux*, Berne, H. Lang, 1978.

MAZOUER, Charles, *Le Personnage du naïf dans le théâtre comique du Moyen Âge à Marivaux*, Klincksieck, 1979.

DEGUY, Michel, *La Machine matrimoniale ou Marivaux*, Gallimard, 1981.

PAVIS, Patrice, *Marivaux à l'épreuve de la scène*, Publications de la Sorbonne, 1986.

POE, George, *The Rococo and Eighteenth Century French literature. A Study through Marivaux's Theatre*, New York, Peter Lang, 1987.

SANAKER, John-Kristian, *Le Discours mal apprivoisé*, Didier, 1987.

TERRASSE, Jean, *Le Sens et les Signes. Étude sur le théâtre de Marivaux*, Sherbrooke, Naaman, 1987.

OSTER, Patricia, *Marivaux und das Ende der Tragödie*, München, Fink, 1992.

DABBAH EL-JAMAL, Choukri, *Le Vocabulaire du sentiment dans le théâtre de Marivaux*, Honoré Champion, 1995.

PORCELLI, Maria Grazia, *Le Figure dell'autorità nel teatro di Marivaux*, Padova, Unipress, 1997.

BOUDET, Micheline, *La Comédie italienne : Marivaux et Silvia*, Albin Michel, 2001.

Un instrument utile :

SPINELLI, Donald, *A Concordance to Marivaux's Comedies in Prose*, Chapel Hill, 1979, 4 vol. (University of North Carolina Press).

N.B. Nous avons renoncé à recenser tous les articles de revues qui ont été consacrés au théâtre de Marivaux durant les dernières décennies.

VIII. COMPTES RENDUS DU *MERCURE DE FRANCE*

Mai 1722. — Avril 1723. — Mars 1728.

NOTES

LA SURPRISE DE L'AMOUR

Page 36.

1. *Acteurs* signifie « personnages ».

2. *Dans une maison de campagne* : En réalité, dans le jardin attenant à la maison.

Page 37.

1. *Tiens* : *Tian* (1730, 1733).

2. *Tredame* : Pour « Notre Dame », juron féminin.

Page 38.

1. *Morguenne* : Forme très atténuée de juron (« par la mort de Dieu »). Pierre multiplie les jurons, plus loin *margué* et *morgué* (synonymes de *morguenne*), *tatigué* (« têtebleu », « par la tête de Dieu »), *parsanguenne* (« par le sang de Dieu »). Le parler des paysans de Marivaux est proche, selon Frédéric Deloffre, du parler de l'Île de France, mais Marivaux ne se soucie pas de rigueur linguistique.

2. *Tu autem* : « Façon de parler familière, empruntée du latin, et dont on se sert pour signifier le fin, le secret, le point essentiel, la difficulté d'une affaire. [...] Cela vient de ce que les Leçons de l'Office divin finissent toutes par *Tu autem, Domine, miserere nobis* » (Trévoux).

3. *Fis*, plus loin *disi, pleurisse* (et *tu te fâchis*, dans les édi-

tions postérieures à l'originale) : on voit ce qu'a d'arbitraire le langage des paysans au théâtre.

Page 40.

1. « On dit qu'un jeune homme fait l'*amour* à une fille, quand il la recherche en mariage » (Trévoux).
2. *Et si* : Et pourtant.
3. *Li* : On trouve dans une même page de l'originale *li*, *l'i*, *lui*. Nous avons cru pouvoir unifier la graphie.

Page 41.

1. *Sur le nez* : « Sur nez » dans l'édition originale.
2. « On dit fig. et prov. *Vendre du noir*; p. d. Tromper quelqu'un, lui en faire accroire » (Trévoux).

Page 43.

1. « Un *honnête homme* est celui qui connaît les bienséances et qui les sait pratiquer » (Trévoux), par opposition au valet Arlequin et au robuste *crocheteur* (portefaix dont la santé était mise en proverbe).

Page 45.

1. Un des sens de *penser* était « être près de », « sur le point de » ; *crever* au sens de « mourir » ne comportait pas la nuance familière ou vulgaire qu'il comporte dans la langue actuelle.
2. « *Miton mitaine* : Terme proverbial, qui se dit en cette phrase : C'est de l'onguent *miton mitaine*, qui ne fait ni bien ni mal » (Trévoux).

Page 46.

1. *Des pauvres fous* : Maintien encore normal au début du XVIIIe siècle de l'article partitif.

Page 47.

1. *Jupes en lanterne* : Robes à panier ; *coiffure en clocher* : la fontange, qui n'était plus à la mode.

2. *Mardi* : Variante de « mordieu », « morbleu », etc. On trouvera plus loin *par la mardi.*

3. Les femmes du monde recevaient en déshabillé, à leur toilette. Mais Arlequin a-t-il eu l'occasion d'en voir ?

4. *Naïveté* : C'est le naturel, l'aisance.

Page 48.

1. *Réglément* : « D'une manière réglée » (Trévoux).

2. *Comme on fait une charge* : Comme on exerce une charge (de justice, de police, etc.).

3. *L'aiguillon de la jalousie* : À partir de l'édition de 1730, le texte est « L'aiguillon de l'amour ». En s'appuyant sur cette version, Georges Poulet a donné de la psychologie de Marivaux une interprétation qui a fait date : avant de connaître l'amour, les personnages seraient dans un « état de néant psychologique, semblable à la paralysie et au sommeil » (*Études sur le temps humain*, tome II, *La Distance intérieure*, Plon, 1952, p. 2 sqq). C'est vrai d'Arlequin « poli par l'amour », ce ne l'est plus de personnages qui ont déjà aimé, comme Lélio, ou des jeunes filles si attentives à leurs émotions et à leur vie intérieure, que sont les jeunes filles de Marivaux. Il est possible que le remplacement de « jalousie » par « amour » soit de l'auteur lui-même ; la première version signifie qu'en amour, même la souffrance est exaltante ; la seconde est inspirée du thème poétique : quand on commence à aimer, on comprend qu'on n'avait pas encore vécu. Les éditions du *Théâtre complet* récentes (D. R., Classiques Garnier ; C. G., Gallimard, Bibliothèque de la Pléiade) ont rétabli la leçon originale.

Page 49.

1. *Queussi, queumi* : « Expression paysanne qui signifie "Tout de même, sans aucune différence, l'un comme l'autre" » (Trévoux).

Page 51.

1. *Lâché*: Participe non accordé conformément à la règle (voir *La Seconde Surprise de l'amour, infra,* p. 151, n. 1).

Page 53.

1. *Qu'a* [...] *qu'alle*: Exemple des incertitudes de Marivaux sur le parler paysan. *Qu'a* (nous supprimons l'accent grave sur *a* qui est dans l'originale) est remplacé par *qu'alle* dans les éditions postérieures à l'originale (sauf les deux éditions du *Théâtre complet* déjà citées).

Page 54.

1. *Se plante là*: La phrase originelle où le verbe « planter » au sens « d'abandonner », « laisser sur place » est : « Me voilà bien planté pour reverdir » (Trévoux) ; d'où « planter quelqu'un », « le planter là », employé par Lélio et par Jacqueline. Mais « se planter là » employé aussi par Jacqueline est plus rare, et semble annoncer le sens qu'a reçu de nos jours l'expression « se planter » : « se tromper, échouer en quelque chose ». Jacqueline veut sans doute dire que si Pierre « la plante là » (l'abandonne pour une autre femme), c'est lui qui « se plantera », sera abandonné par sa faute : ainsi est annoncée la scène 6 de l'acte II, qui s'insère mal dans la suite de la pièce.

Page 56.

1. *Chiffonner malheur*: Préparer un malheur qui sera aussi laid, aussi lamentable qu'un chiffon.

Page 57.

1. *Ouf*: « Interjection, dont on se sert pour marquer une douleur subite » (Trévoux).

Page 59.

1. *Jarni*: Forme populaire de « Je renie » ; le mot étant substantivé, le juron se construit sur le modèle de « par la mardi »

2. *Un espiègle*: Le substantif, venu du néerlandais et entré dans notre langue au XVIe siècle, était régulièrement du genre masculin.

3. *Il n'y a pas pied* : Autrement dit, on risque de se noyer.

Page 64.

1. *Déferré*: Comme un cheval qui a perdu son fer. L'image est du même registre que « désarçonné ».

2. *Original* a souvent un sens péjoratif au XVIIIe siècle. C'est à Lélio que Colombine s'adresse.

Page 65.

1. *Mais y songez-vous, Monsieur?*: La ponctuation de l'originale était la suivante : « Mais y songez-vous? Monsieur, ».

2. *Chargé*: Participe irrégulièrement non accordé.

3. *Oh! Je vous défie [...] ce tribut de folie-là*: Cette phrase, dans toutes les éditions du XVIIIe siècle, fait partie de la réplique de la Comtesse. Depuis Duviquet (*Œuvres complètes*, 1825-1830), elle est attribuée à Lélio par les éditeurs modernes, y compris C. G., en raison d'une part de ce que dit plus bas Colombine à la Comtesse (« le défi me piquerait »), d'autre part du résumé publié par le *Mercure* de juin 1722 (la Comtesse pourrait bien ridiculiser Lélio, « si elle voulait s'en donner la peine, en le rendant [...] aussi amoureux qu'il l'a été de [sa] première maîtresse. Lélio défie la Comtesse d'une pareille tentative, etc. »). Mais, même si l'on ignore dans quelle mesure Marivaux a contrôlé les éditions de son œuvre, il est toujours imprudent de corriger un texte dont il n'existe aucune variante autorisée, lorsque ce texte n'est pas incompréhensible. Colombine invite sa maîtresse à être piquée par le défi et à ne pas « en avoir le démenti ». Ne peut avoir le démenti d'un défi que celui qui l'a lancé : ce dont doit se piquer la Comtesse, c'est donc de gagner son défi, c'est-à-dire de ne pas « donner la comédie » à Lélio, comme elle est sûre qu'il pourrait la lui donner à elle. Il n'y a pas contradiction

entre la première phrase de Colombine. « cette expérience-là vous porterait malheur » et la deuxième phrase : « le défi me piquerait et je ne voudrais pas en avoir le démenti » : ce sont deux phrases provocatrices, la première plus insinuante, la seconde plus appuyée. Lélio sait (*en ma conscience*, ce que le rédacteur du *Mercure* a interprété comme un défi) qu'il est impossible de le séduire, mais Colombine, elle, sait bien que pour le séduire, il faut que la Comtesse lui fasse des avances et crée les conditions de son propre défi. Tout sera alors disposé pour qu'ils en arrivent tous deux à « chanter la palinodie », comme l'attend avec curiosité Colombine (p. 67). Le texte n'est obscur que parce que les personnages ne voient pas clair en eux-mêmes.

Page 67.

1. *Trompé-je*: « Trompais-je », dans l'édition originale.

Page 68.

1. *La Gazette (de France)* parut de 1631 à 1792. Souvenir possible du *Misanthrope* de Molière (acte III, scène 5) : « D'éloges on regorge, à la tête on les jette,/ Et mon valet de chambre est mis dans la Gazette. »

Page 69.

1. « *Jouer de son reste*: Faire un dernier effort, un coup de désespoir, hasarder tout » (Trévoux).

Page 70.

1. Le Baron et Lélio connaissent donc tous deux l'histoire romaine. Antiochus Épiphane, roi de Syrie (175-161 avant J.-C.) avait envahi l'Égypte et en avait été chassé par les Romains. Marivaux devait avoir lu l'anecdote dans les *Essais* de Montaigne, livre II, chapitre 24, « De la grandeur romaine ».

Page 71.

1 *La peste*: Exclamation, comme *malepeste*!

Page 73.

1. « *Étourdie*: qui agit avec imprudence, avec trop de précipitation » (Richelet portatif).

2. Arlequin était sorti pour boire, à la fin de la scène 2. Ici, il part pour la chasse ou il en revient, sans que ce détail ait aucune importance dans l'intrigue. Il devait permettre quelques lazzi à Arlequin.

Page 74.

1. *Consomme*: La confusion entre *consommer* et *consumer* était courante, mais ici *consommer* a bien le sens de « passer », « achever », et non de « détruire ». Les éditions postérieures à 1723 donnent *consumer*.

Page 76.

1. Colombine, qui possède une montre, devait être d'une famille bourgeoise aisée qui avait perdu sa fortune. Elle a lu, elle citera, scène 4, « les philosophes du temps passé ».

Page 82.

1 « Un opiniâtre veut toujours *avoir le dernier*, p[our] d[ire] qu'il veut toujours être le dernier à répliquer, ou à donner quelque coup » (Trévoux).

Page 84.

1. *Turlu turluton* : Le chant, plus ou moins bouffon, était un des lazzi d'Arlequin.

2. *L'arrêtant*: Certains éditeurs modernes, dont D. R., corrigent en « s'arrêtant ». Mais pour arrêter Arlequin, Colombine a dû s'arrêter elle-même, cela va sans dire.

Page 88.

1. *Mithridate*: Du nom du roi du Pont (132-63 av. J.-C.),

qui s'était avec des drogues immunisé contre tout empoisonnement (« vendeur de mithridate » : charlatan).

2. *Pas* : Un des sens du mot est, selon Trévoux, « embarras, difficulté, péril ».

3. « On dit prov. qu'un homme est tout *étourdi du bateau*, quand il lui est arrivé depuis peu une infortune qui lui a causé quelque trouble d'esprit » (Trévoux).

Page 91.

1. *Cela irait tout de suite* : Cela suivrait immédiatement.

2. « Faire sauter le *bâton* à quelqu'un, p[our] d[ire] l'obliger à faire quelque chose contre sa volonté, par une métaphore tirée des charlatans, qui font sauter un *bâton* à des singes et à des chiens qu'ils ont dressés à cela » (Trévoux).

Page 93.

1. *Faisiez* : Barbarisme populaire ; c'est le texte de l'édition originale et de celle de 1730, corrigé en *fassiez* dans les éditions ultérieures.

Page 95.

1. *Qu'est-ce qui t'a dit* : Pour « Qui est-ce [...] ». Voir aussi *La Seconde Surprise de l'amour*, acte II, scène 6, p. 201

2. *La mémoire vous faille* : Les dictionnaires ne connaissent que la forme « faut », sous l'autorité de l'Académie, mais indiquent que le verbe est défectif. *Faille* est calqué sur les formes du pluriel, par un personnage populaire comme Arlequin ou comme le Chanteur du Divertissement, à la fin du premier acte de *La Fausse Suivante*.

Page 96.

1. *Cent pesant* : Expression toute faite, elliptique, mais courante (abréviation probable de « cent livres pesant », où « pesant » est adverbial). Trévoux donne comme exemple : « On vend tant le cent pesant d'or, de cuivre. »

2. *Ratier*: « Homme plein de bizarreries, de caprices et de fantaisies [...] et comme l'on dit, qui a des rats dans la tête » (Trévoux).

3. L'expression complète est *adieu panier, vendanges sont faites* (quand la grêle ou le passage des gens de guerre a dévasté la vigne, selon l'explication de Trévoux).

4. *Pour un liard :* Expression proverbiale. Nous dirions : « Pour un sou. » Le liard était une ancienne monnaie de cuivre valant le quart d'un sou.

Page 97.

1. *Tel valet, tel maître*: Le proverbe dit au contraire : « Tel maître, tel valet », et c'est bien ainsi qu'Arlequin l'entend, puisqu'il veut ressembler à son maître, mais c'est lui qui aura donné l'exemple.

2. « On dit que *l'air du bureau* est ou n'est pas favorable à quelqu'un, pour montrer que ce qui paraît du sentiment des juges, fait croire qu'il gagnera ou qu'il perdra son procès » (Trévoux).

Page 99.

1. « Cette scène est fort plaisante par le jeu de théâtre, de voir deux personnes qui font semblant de ne vouloir pas se trouver, et qui ne demandent pas mieux que de se joindre et de lier conversation, ce qui ne manque pas d'arriver à l'instant » (*Mercure*, mai 1722). Le rédacteur du *Mercure de France* traduit en dessein conscient un désir inconscient que le jeu des acteurs rendait visible.

Page 103.

1. *Intérêt*: Au pluriel dans l'originale.

2. *Fût à charge*: Les éditions postérieures donnent *vous fût à charge* (sauf D. R. et C. G.).

Page 105.

1. *Se met en prise*: Expression d'origine militaire. « On

di[sait] qu'*une chose* [était] *en prise* pour dire qu'elle [était] exposée» (Académie).

Page 106.

1. La *pistole* valait dix francs; cent pistoles équivalent à peu près à quinze cents euros de nos jours, somme assez importante, mais les maîtres ont le devoir d'établir les gens de leur maison.

Page 109.

1. L'addition (inconsciente) de l'adverbe *absolument* traduit l'effet qu'a produit sur la Comtesse le «ton de tendre dépit» sur lequel Lélio avait parlé (selon le *Mercure* d'août 1723). Le jeu des acteurs allait beaucoup plus loin que leurs paroles. Ce ton de Lélio est confirmé par la Comtesse, acte III, scène 2, p. 121.

Page 111.

1. *Amuser*: «Arrêter quelqu'un, badiner, faire perdre le temps» (Trévoux).

Page 112.

1. *Par la sambille*: Par le sang de Dieu.

2. «*Cornette* [...] ne se dit plus maintenant que des coiffes ou linges que les femmes mettent la nuit sur leur tête, et quand elles sont en déshabillé» (Trévoux). Mais ce sont les dames du monde qui s'habillent pour sortir, les servantes et les femmes de condition modeste portent la cornette en tout temps, comme Marianne dans le roman de Marivaux (*La Vie de Marianne*).

Page 113.

1. *Je t'en quitterais*: Je t'en tiendrais quitte.

Page 115.

1. La scène 2 de l'acte III: «Cette scène a paru la plus

belle de toute la pièce » selon le *Mercure* d'août 1723 qui en publie des extraits.

Page 120.

1. *Et qu'il l'adoucit* : « Et qui l'adoucit » dans les éditions postérieures à 1723.

Page 121.

1. Telle est la ponctuation de l'originale (nous nous écartons ici de l'édition C. G.).

Page 122.

1. « *Caresser* : faire des caresses — Caresse : Démonstration d'amitié ou de bienveillance qu'on fait à quelqu'un par un accueil gracieux, par quelque parole obligeante, ou quelque cajolerie » (Trévoux).

Page 123.

1. *D'où vient* se construit comme l'adverbe « pourquoi » dont il a le sens.

Page 125.

1. Arlequin donne à *mirer* le sens qu'il a dans « se mirer », se contempler avec admiration (selon Trévoux).

Page 126.

1. *Un quiproquo d'apothicaire* : Un remède pour un autre. Trévoux cite le proverbe : « Dieu nous garde d'un *quiproquo d'apothicaire* et des etc. de notaire ».

2. *Lui*, pour « le lui », omission régulière du pronom complément direct devant le complément d'attribution.

Page 128.

1. Comme on le verra encore mieux dans *La Seconde*

Surprise de l'amour, pour Marivaux la notion d'*honnêteté* était très équivoque.

2. *Naturellement* : « Naïvement et sans détour » (Trévoux).

Page 129.

1. La ponctuation de l'originale : « C'est une tyrannie que cette alternative-là ; si je vais dire que je l'aime, cela dérangera peut-être madame la Comtesse ? Cela la fera partir, si je dis que je ne l'aime point ? » nous semble aberrante, nous avons repris celle que M. Gilot et nous-même avions adoptée dans l'édition C. G.

Page 130.

1. *Joli cavalier* : *Joli* est ironique (« On dit par mépris : Vous êtes un *joli* Monsieur », Trévoux), et *Cavalier* est « un galant, qui courtise, qui mène une dame » (Trévoux), mais l'expression enveloppe aussi le sens de l'adjectif (« qui est trop libre et qui approche de la malhonnêteté » Trévoux).

2. *Je ne sais où je suis* : Expression de l'égarement, fréquente chez les personnages de Marivaux quand ils font une expérience bouleversante qui les révèle à eux-mêmes. Voir dans *La Seconde Surprise de l'amour*, acte II, scène 7, p. 210 ; acte III, scènes 11 et 12, p. 243 et 245.

Page 131.

1. « On dit, pour expliquer la nécessité de faire une chose, qu'*il faut passer par là ou par la fenêtre* » (Trévoux).

Page 132.

1. *Siffler* est une marque d'indifférence, voir *L'Île des Esclaves*, scène 1 (édition Folio Classique, Gallimard, 2000, p. 47).

2. « *Chanson* se dit aussi de toutes sortes de vains propos, des raisons frivoles, des propositions qui n'ont point d'effet » (Trévoux).

Page 135.

1. *Je ne vois point d'apparence à cela* : La Comtesse a dû tourner le dos en prononçant ces mots, puisque Lélio est derrière elle un instant plus tard. Elle lui fera de nouveau face. Les jeux de scène impliqués par le texte même n'ont pas besoin d'être indiqués.

2. *Tu me la paieras* : et non, comme dans la langue actuelle, « tu me le paieras ».

3. *Qui me menace* : « Qui menace », dans l'originale.

Page 138.

1. Lélio est tombé à genoux. Le jeu de scène était indi qué à partir de 1730 (sauf dans D., D. R. et C. G.).

2. Cette scène à la fois comique et tendre montre bien le pouvoir expressif, chez Marivaux, de l'impropriété ou de l'insuffisance des mots.

3. Arlequin était sorti un peu plus tôt, sur l'ordre de Lélio. Il est revenu avec Colombine, Pierre et Jacqueline.

Page 139.

1. La musique du divertissement, composée par Jean-Joseph Mouret, se trouve dans le *Recueil des divertissements du Nouveau Théâtre-Italien* conservé au département Musique de la Bibliothèque Nationale. Une entrée de paysans précède le premier air chanté par un paysan, deux menuets avec une reprise du premier précèdent le second air, chanté par une paysanne, les deux menuets et une danse précèdent le dernier air, chanté par un paysan. Dans l'édition ne sont publiées que les paroles des trois airs, le premier et le second confiés à un chanteur et une chanteuse de la troupe italienne (qui avait ses chanteurs, ses danseurs, ses musiciens), le dernier air est mis sous le nom d'Arlequin, qui traditionnellement conclut le divertissement ou le vaudeville sur lequel s'achève une comédie (voir *L'Amour et la Vérité, Le Triomphe de Plutus, La Nouvelle Colonie*). En général, les paroles de ces couplets chantés ne sont pas de Marivaux

2. « On dit dans le style figuré et bas [...] Voilà une bonne *pèlerine*, une fine, une dangereuse femelle » (Trévoux).

Page 140.

1. *Être aux champs* : Synonyme de « courir les champs », être fou.

2. *La ventrebille* : Juron, comme « ventrebleu »

LA SECONDE SURPRISE DE L'AMOUR

Page 142.

1. Louise de Bourbon-Condé (1676-1753), petite-fille du Grand Condé, épouse du duc du Maine, fils légitimé de Louis XIV et de Mme de Montespan, réunissait à Sceaux des écrivains qui lisaient leurs œuvres ou faisaient jouer leurs pièces de théâtre. Mme de Staal, dont on a les *Mémoires*, écrivit deux comédies et Voltaire des contes pour la cour de Sceaux.

Page 143.

1. Nous avons vu (p. 18 de la Préface et p. 267 de la partie de la mise en scène) que le succès des premières représentations avait été relativement faible.

Page 144.

1. *Acteurs* : Personnages.

Page 147.

1. *Et bien* est souvent confondu avec « Eh bien ! ».

Page 149

1. *Labrie* : Écrit *La Brie* dans les éditions tardives (sauf dans C. G.) ; les domestiques recevaient de leurs maîtres un nom rappelant leur province (*Champagne, Bourguignon*).

2. *La toilette* est d'abord la toile dans laquelle sont enveloppés les objets dits « de toilette », puis la table sur laquelle on les pose et ces objets eux-mêmes.

Page 151.

1. *Brûlé* : Participe non accordé, bien qu'il soit en fin de proposition, contrairement à la règle que le grammairien Restaut illustre par ces exemples : « Quels courages Vénus n'a-t-elle pas domptés », et, au contraire, « La justice que vous ont rendu vos juges », « Dieu les avait créé innocents ». Mais l'usage, surtout dans les premières décennies du siècle, était hésitant. Un peu plus bas, *diverti* obéit à la règle.

Page 152.

1. *Honnête* : Première occurrence de ce mot, dont nous avons signalé les équivoques dans notre Préface (p. 29) et leur présence déjà dans la première *Surprise de l'amour.*

Page 153.

1. *Après-dîné* (ou *après-dînée* dans l'édition de 1781 et les éditions modernes, sauf C. G.) : Le « dîné » était le repas de la mi-journée.

Page 155.

1. *Amuser* : « Il se dit aussi des maux et des passions auxquelles [sic] on tâche de faire diversion [...] » (Trévoux).

2. *Compliment* : « C'est aussi un témoignage de joie, ou de douleur, qu'on rend à ses amis, quand il leur est arrivé quelque bonne ou mauvaise fortune » (Trévoux).

Page 156.

1. Ces rires et ces pleurs à volonté de Lubin et ce coup d'œil rappellent l'Arlequin du Théâtre-Italien.

Page 157.

1. *Doctrine ignorante* : « Doctrine : savoir, érudition » (Tré-

voux). La docte Lisette a-t-elle entendu parler de la « docte ignorance » de saint Bonaventure ?

Page 161.

1. *Bien conditionnés* : En bonne condition (ce sont des livres plus ou moins anciens, non des éditions récentes).

Page 163.

1. *Se gêner* : « Se contraindre » (Trévoux).

Page 164.

1. *Cela s'en va sans dire* : L'expression courante est : « cela va sans dire. » Desgrouais (*Les Gasconismes corrigés*, 1re édition, 1766) range la tournure employée par Marivaux (et que l'on retrouve à la scène 8 de l'acte II, p. 215 au nombre des « gasconismes », c'est-à-dire « des mauvaises expressions, des tours vicieux, des phrases singulières » (nous citons la réédition de l'an IX-1801).

2. *Lisez-là, Madame* : Bel exemple de transfert inconscient !

Page 165.

1. *J'offenserais* : Conditionnel présent difficile à expliquer, à moins de supposer une subordonnée implicite (« si je persistais dans cette attitude » ou, comme le suggèrent D. et D. R., « si je persistais dans le dessein de vous revoir »). L'édition de 1781 corrige en « j'offensais », correction adoptée par les éditions ultérieures, sauf D., D. R. et C. G.

2. *La tendresse* pour un homme capable d'offenser « la vertu même » serait inexcusable.

Page 168.

1. Dans *La Surprise de l'amour* italienne, Lélio qui voulait partir décide de rester, sous prétexte de ne pas être « incivil » (scène 7 de l'acte II, p. 101).

2. Le Chevalier parlait un peu plus haut de l'*amitié* de la

Marquise, la Marquise parle de la *probité* du Chevalier ; les mots sont des dérobades de la conscience.

Page 171.

1. *Si vous aviez la bonté de montrer l'exemple* : « Monsieur, si je deviens amoureux, je veux avoir la consolation que vous le soyez aussi », disait Arlequin à Lélio dans *La Surprise de l'amour* italienne, scène 5 de l'acte II, p. 96.

Page 172.

1. *Se dissiper* : Le verbe n'avait pas le sens péjoratif du participe adjectivé.

Page 173.

1. *Le berceau* : La tonnelle, dans le jardin.

Page 175.

1. Lubin a saisi au vol le dernier mot du Chevalier, et il souhaite que son maître se conduise en amoureux de la Marquise : il l'invite à s'y préparer, à *se fournir* des *provisions* utiles.

Page 177.

1. *Il faut être honnête homme pour l'épouser...* : Cette réplique de Lubin marque bien l'écart qui sépare divers sens du mot « honnête ».

2. *Vous aurez* : Cet indicatif futur s'explique par le fait que la phrase est indépendante ; la conditionnelle qui précède ne lui est pas subordonnée, c'est une phrase exclamative, mais un point d'exclamation ralentirait le débit de l'actrice. 1781 et les éditions modernes, sauf D., D. R. et C. G., donnent inutilement *auriez*.

3. *Il y a conscience à* · On doit se faire scrupule de..

Page 178.

1. *Incivil* : « Incivile » dans toutes les éditions anciennes sauf 1781 ; par analogie avec « utile », « facile ».

Page 181.

1. *De lui gâter la taille* : D'en réduire le nombre de syllabes. Le nom paraît pompeux à Lubin.

Page 182.

1. Toute la réplique est *à part.* Hortensius, pédant besogneux, qui risque d'être jeté à la rue, ne veut se brouiller avec personne.
2. *J'en mourrais* : Comme ces mourants que sont le Chevalier et la Marquise.

Page 184.

1. *Vous pleurez une maîtresse ; faites-en une autre* : Souvenir presque textuel du divertissement de *L'Amour et la Vérité* : « L'amant trahi par ce qu'il aime / Veut-il guérir presque en un jour ? / Qu'il aime ailleurs, l'amour lui-même / Est le remède de l'amour » ; mais plus loin un personnage féminin invitait les hommes à ne pas abuser de la faiblesse du beau sexe, et donnait d'avance raison à Hortensius : « La raison veut que la sagesse / Ait un empire sur l'amour. »
2. *Offert* : En cette position, le participe serait au féminin si l'antécédent était « elle », la Marquise ; il n'y a pas lieu de corriger, le pronom complément est un neutre, représentant l'idée « de l'avoir par préférence ».

Page 186.

1. *Manne* : Long panier d'osier qui servait encore il y a quelques décennies, quand les pâtissiers faisaient livrer leurs pâtés en ville par leur commis.

Page 190.

1. *Tout de suite* : Tout aussitôt.

Page 191.

1. Les partisans des Anciens accusaient les Modernes, et particulièrement Marivaux, de courir après l'*esprit.* Dans la septième feuille du *Spectateur français* (21 août 1722), Marivaux avait répondu aux critiques : « Ne vous a-t-on pas dit que cet écrivain courait après l'esprit ? [...] En le lisant, vous avez trouvé un génie doué d'une pénétration profonde, d'une vue fine et déliée, d'un sentiment nourri partout d'un goût de réflexion philosophique ; avec ce génie-là, avec un naturel si riche et si supérieur, on est par-dessus le marché nécessairement singulier, et d'un singulier très rare ; cela est donc clair : il n'est point naturel, il court après l'esprit » (*Journaux et œuvres diverses*, éd. Frédéric Deloffre et Michel Gilot, Classiques Garnier, p. 146).

Page 192.

1. *Pretintailles* : « C'est un assemblage d'étoffes de différentes couleurs dont on fait un ajustement pour les dames, en alternant ces différentes couleurs » (Trévoux).

2. *Elle amuse* : « Amuser : [...] faire perdre le temps » (Trévoux).

Page 193.

1. Ce *Traité de la patience*, comme l'*Éloge de l'amitié* (un peu plus bas), est fictif.

2. *Probable*, puisque, comme le croit Hortensius qui va l'affirmer brutalement à la Marquise, celle-ci va épouser le Comte.

Page 194.

1. « *Réformer.* On le dit aussi du plein licenciement des troupes » (Trévoux).

Page 195.

1. *Offerte* : offert, dans l'édition originale, probable faute d'impression. *Au sieur Chevalier* : « Audit sieur Chevalier »

dans les éditions 1728, 1748, s.d. et dans les éditions modernes sauf D. R. et C. G. Leçon plausible.

Page 196.

1. *Devant des domestiques*: « Devant les domestiques » dans les éditions 1728, 1748, A. M. et les éditions modernes, sauf C. G.

2. *Remarque critique*: Comme dans les ouvrages érudits ou les éditions critiques. Hortensius emploie-t-il naturellement son langage de pédant ou veut-il arracher une décision à la Marquise ? Son aparté dans sa dernière réplique de la scène ne laisse pas de doute.

Page 198.

1. À la différence d'Arlequin qui, dans *La Surprise de l'amour* italienne (scène 1 de l'acte III), s'était concerté avec Colombine pour provoquer Lélio et la Comtesse au mariage, Lubin agit seul, avec une goujaterie qui est sans doute volontaire : à la scène suivante, il paraît fier de sa « besogne ».

Page 201.

1. *Fait*: Participe non accordé. Ce type de tirade véhémente est fréquent chez les « premières amoureuses » de Marivaux; il devait convenir particulièrement au talent de l'actrice Silvia. Dans la phrase « Qu'est-ce qui pourrait se l'imaginer ? », un peu plus haut, *Qu'est-ce* est mis pour « Qui est-ce », voir aussi *La Surprise de l'amour* italienne, acte II, scène 5, *supra*, p. 95.

Page 203.

1. *Refusée*: « Refuser » se construit très régulièrement avec un nom de personne en complément direct, pour dire : « Refuser la demande présentée par quelqu'un. » Il n'y a pas lieu de faire du pronom (*m*'a) un complément d'attribution et de remplacer *refusée* par *refusé*.

Page 207.

1. *M'ennuie* : Verbe au singulier quand les sujets sont de même sens ou étroitement liés.

Page 209.

1. *Impatiente* : Cette indication scénique paraît inutile, puisque la Marquise dit aussitôt : *Vous m'impatientez*, mais elle invite l'actrice à manifester très visiblement l'impatience par ses gestes et son attitude. Ce n'était pas l'habitude au Théâtre-Français.

2. *Particulier* : À peu près synonyme de « singulier », qualité que le Chevalier vient d'attribuer à la *vérité* dont se targue la Marquise. Le Chevalier rétorquera en qualifiant de *fort ordinaire* la conduite de la Marquise.

Page 210.

1. La dispute a atteint son sommet de violence et d'aigreur. La rupture est évitée parce que les deux personnages ont le sentiment soudain de son imminence, mais le véritable accord n'est pas encore obtenu, au contraire de ce qui se passe, dramatiquement, après un silence ou un soupir, dans *Le Jeu de l'amour et du hasard* (scène 8 de l'acte III) et dans *L'Épreuve* (scène 21).

2. *Je ne sais plus où j'en suis* : Voir *La Surprise de l'amour*, acte III, scène 4, p. 130 et la n. 2.

3. *Imaginé* : « Imaginée » dans l'édition originale, selon la règle de l'accord du participe complément direct avec le sujet (Haase, § 93).

Page 211.

1. De nouveau, la rupture est proche. La Marquise revient en arrière et reporte sa colère sur Lisette.

Page 214.

1. Souvenir possible du Janotus de Bragmardo de Rabelais (*Gargantua*, chapitres 19, 20, 21).

Page 215.

1. *Excessivement* : Le mot prouve que le Chevalier sort des limites de la raison, et doit paraître en effet « bourru et sauvage », comme le dira la Marquise. Mais il a soutenu un instant plus tôt qu'il n'y avait pas d'homme raisonnable. La présence d'un sot comme Hortensius ne pouvait qu'irriter quelqu'un qui essaie d'y voir clair en lui-même et de savoir ce que la Marquise a dans l'esprit.

Page 216.

1. *Mais, monsieur Hortensius* : Ces mots manquent aux éditions 1728, A-M, 1758, et aux éditions ultérieures, sauf D., D. R. et C. G.

Page 218.

1. Nouvelle scène où la séparation imminente est évitée ; elle est plus proche que la scène 7 des scènes analogues du *Jeu de l'amour et du hasard* et de *L'Épreuve* citées plus haut (voir *supra*, p. 210, n. 1) : comme Silvia (dans la première pièce), la Marquise prononce un aparté, comme Lucidor (dans la seconde) elle revient sur ses pas. et la scène bascule.

Page 219.

1. *Peut-on* : Construction du verbe *pouvoir* avec un complément direct, plus rapide et plus vive qu'avec un infinitif.

Page 220.

1. *Répugnance* : Elle avait parlé de « dédain » (scène 7, p. 211).

Page 224.

1. *Quels solécismes de conduite !* : Souvenir de Molière, *Les Femmes savantes*, II, 7, v. 559-560, Chrysale à Bélise :

> *Le moindre solécisme en parlant vous irrite,*
> *Mais vous en faites, vous, d'étranges en conduite.*

Page 226.

1. Une note dans les éditions de 1728 et de 1758 indiquait : « *À la première représentation.* Attendez j'ai de mon côté une petite révérence à vous faire, et la voilà. *Il lui fait la révérence.* Si vous ne me la rendez pas, je vous la donne. » À la fin de la scène, les mots de Lubin : « Il n'y aura pas de mal à doubler le pas », s'accompagnaient sans doute d'une bourrade. Le personnage d'Hortensius a déplu aux spectateurs du Théâtre-Français autant peut-être à cause de ces traits contre lui qui rappellent la Foire ou le Théâtre-Italien, qu'à cause de son rôle même. La révérence de Lubin est impliquée par la réplique *Et moi votre serviteur,* qui reprend la formule de Lisette.

Page 229.

1. *M'a chargé* : Participe régulièrement non accordé.

Page 232.

1. *Cela vaut fait* : C'est comme si c'était fait.

Page 233.

1. *Empoisonner* : « On dit aussi qu'on *empoisonne* un discours, quand on donne un mauvais tour aux choses, ou quand on ajoute malignement à un récit quelques circonstances qui rendent criminelle une chose, qui d'elle-même était innocente » (Trévoux).

Page 234.

1. *Finement* : Les dictionnaires ne semblent connaître que le sens laudatif du mot, qui, ici, veut dire : traîtreusement. (« Fin : rusé, adroit, pénétrant », Trévoux).

Page 238.

1. Scène d'un comique plus délicat que celui des scènes où figure Hortensius. Le Chevalier, interprétant dans le plus mauvais sens ce que le Comte veut insinuer, juge que

la Marquise trahit l'amitié et sa promesse de renvoyer le Comte ; par dépit, il se laisse prendre au piège d'une proposition de mariage, et ne songe qu'à faire éclater la trahison de la Marquise en faisant surgir le témoin caché de l'entretien qu'il aura avec elle. Mais le Comte, qui l'a si adroitement et si méchamment piégé, prépare sa propre défaite, il en vient à croire vrai ce qu'il a imaginé par ruse, sa faveur auprès de la Marquise.

Page 240.

1. *Dans la joie qu'il a eu* : Participe non accordé, selon un usage fréquent chez Marivaux.

Page 241.

1. *Et toi* : Le tutoiement, repris dans la dernière réplique de la scène, exprime la joie du Comte et sa reconnaissance pour le Chevalier : c'est à son tour d'être aveugle !

Page 243.

1. *Je ne sais où j'en suis* : Voir *La Surprise de l'amour*, acte III, scène 4, p. 130, et la n. 2.
2. Sur cette Comtesse, voir notre Préface, p. 25.
3. *Abattue* : « Quelquefois l'adjectif suit le genre du sujet et non celui d'*air* » (Féraud, 1787).

Page 244.

1. *Je n'en sais rien* : Mot aussi naturel que profond.
2. *Fâché* : Nouvel exemple chez Marivaux de participe non accordé, contrairement à la règle.

Page 245.

1. *Je ne sais plus où j'en suis* : Le désarroi de la Marquise est tel qu'elle prononce deux fois presque de suite la même formule (voir la scène précédente).

Page 246.

1. *Énigme* : Le mot de Lisette est ironique, comme à la scène suivante sa réponse à la question purement formelle de la Marquise.

Page 247.

1. *Tout à l'heure* : « Sur-le-champ » (Trévoux), mais Lubin fait attendre le billet.

2. *L'écrivain* : Le mot n'est pas le synonyme (impropre) de : « celui qui a écrit », il désigne la fonction remplie par le Chevalier : Lubin est le porteur, le Chevalier l'écrivain.

Page 248.

1. *Arrêté* : Le mot est comique car le Chevalier, qui ne s'est avancé qu'en prenant « de longs détours », n'est pas fâché d'être arrêté.

Page 249.

1. *Avoir tort* : Encore un mot qui laisse entendre plus qu'il ne dit.

Page 250.

1. « *Intriguer* : embarrasser » (Trévoux).

2. Le Chevalier sait bien que le billet le *regarde*, c'est sur la lecture du billet qu'il interroge la Marquise, sur l'intention qu'elle a eue en le lisant : mais il le sait déjà.

3. *C'est mon billet !* : Non pas étonnement, mais aveu.

Page 252.

1. *La fondation* : À la fois l'établissement (le mariage des maîtres rend possible celui des domestiques, voir notre Préface, p. 28) et « les dons qu'on fait en fonds ou en argent pour faire subsister quelque Communauté » (Trévoux).

DU MÊME AUTEUR

Dans la même collection

LE JEU DE L'AMOUR ET DU HASARD. *Préface de Catherine Naugrette-Christophe. Édition établie et annotée par Jean-Paul Sermain.*

LE TRIOMPHE DE L'AMOUR. *Édition présentée et établie par Henri Coulet.*

LES FAUSSES CONFIDENCES. *Édition présentée et établie par Michel Gilot.*

LA DOUBLE INCONSTANCE. *Édition présentée et établie par Françoise Rubellin.*

L'ÉPREUVE. *Édition présentée et établie par Henri Coulet.*

LES SINCÈRES suivi de LES ACTEURS DE BONNE FOI. *Édition présentée et établie par Henri Coulet.*

Dans la collection Folio classique

LE PAYSAN PARVENU. *Édition présentée ei etablie par Henri Coulet.*

LA VIE DE MARIANNE. *Édition présentée et établie par Jean Dagen.*

L'ÎLE DES ESCLAVES. *Édition présentée et établie par Henri Coulet.*

Composition Interligne.
Impression CPI Bussière
à Saint-Amand (Cher), le 4 mars 2013.
Dépôt légal : mars 2013.
1er dépôt légal dans la collection : décembre 2005.
Numéro d'imprimeur : 2001792.
ISBN 978-2-07-031419-5./Imprimé en France.

253889